ALLAIS - PERROTIN

LANCE CROW DOG

Le scénario et le story-board

Dessin : Jean-Marc Allais
Story board et couverture : Jean-Marc Allais et Gaël Séjourné
Scénario : Serge Perrotin
Couleurs : Scarlett Smulkowski

Ce livre est un supplément à l'album de bande dessinée «Lance Crow Dog», (Tome 06 : Souviens-toi de Wounded Knee) par Jean-Marc Allais, Gaël Séjourné et Serge Perrotin, paru aux éditions Sandawe.

Il comprend le scénario dans sa version de travail, non corrigé, avec ses imperfections mais aussi toutes les bases de ce qui aboutira à un album publié. Il vous permettra ainsi de pouvoir comparer le travail original de création de la scénariste et le résultat final qui en résulte après intervention de la dessinatrice et de l'éditeur qui, tous, interviennent dans la réalisation de l'œuvre.

http://www.sandawe.com/fr/projets/lance-crow-dog-06

Il peut être acheté en version numérique sur shop.sandawe.com et être commandé en version papier sur Amazon.

ISBN 978-2-39014-150-1

http://www.sandawe.com
http://www.facebook.com/sandawe
contact@sandawe.com
Editions Sandawe
431, Chaussée de Louvain, bât F, bte 1,
B-1380 Lasne
Belgique

Case 1 : Extérieur jour. Plan d'ensemble. Territoire aride. Un groupe de 4-5 familles de pionniers, en route vers l'Ouest, a installé un bivouac pour la nuit. Ils ont disposé leurs chariots de façon à créer un abri de fortune. Nous sommes dans l'imagerie western. Celle qui emprunte plus au cinéma hollywoodien qu'a la réalité historique du XIXème siècle américain. Grande case (à la coupe ?). Image esthétique et évocatrice.

Case 2 : Zoom. Plan américain d'une jeune femme blonde qui vaque à ses occupations entre les chariots. Elle peut faire la cuisine sur un feu ou la lessive dans un bac en acier. Elle peut aussi porter un bébé sur une hanche tout en discutant avec une autre femme….

Case 3 : Plan moyen de deux enfants d'une dizaine d'années en train de jouer (aux billes ? aux petits soldats ?) dans la poussière du campement, au centre de l'espace délimité par les chariots.

Case 4 : Plan moyen d'une indienne captive, gardée par un soldat en uniforme (un soldat de la cavalerie US – un « tunique bleue »). Elle peut être assise par terre, les mains entravées dans le dos. Elle est très belle et porte des vêtements de peau finement ouvragés (le genre de vêtement d'apparat que portaient les indiens des plaines lors des cérémonies rituelles).

Case 5 : Plan rapproché sur le visage farouche d'un guerrier indien. Il porte des peintures de guerre. Il observe les pionniers (les images 2-3-4 sont observées au travers de son regard). Il est couché, dissimulé en haut d'une petite butte, non loin du bivouac.

Un découpage possible :

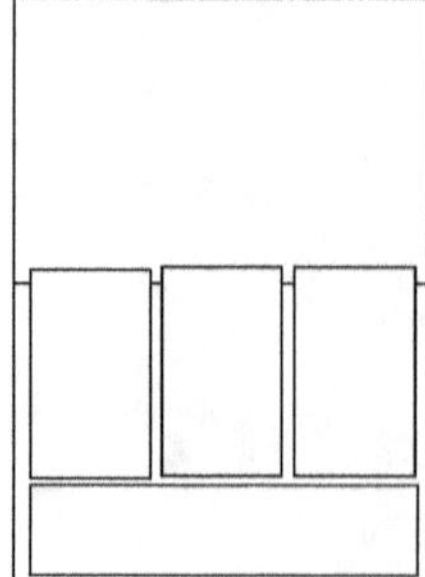

Case 1 : Plan général. Le guerrier indien, de dos, courbé, remonte silencieusement le petit vallon adossé à la butte qui lui servait de poste d'observation. Dans la pente, devant lui, une troupe de farouches indiens des plaines (voir « Danse avec les loups ») attend le feu vert de l'éclaireur pour passer à l'attaque. Ils sont debout, à côté de leurs chevaux. Ils maintiennent une main sur les naseaux ou l'encolure de leurs montures afin qu'elles ne fassent pas de bruit. Un indien est assis sur son cheval. Il a fière allure. C'est le chef de la bande.

Case 2 : Plan rapproché du chef indien. Une grande noblesse se dégage de ses traits.

Le chef : Allons, mes frères. C'est un beau jour pour mourir.

Case 3 : Retour sur le bivouac des pionniers. Des coups de fusils claquent, des hurlements déchirent le silence du désert. Au premier plan, des colons tournent la tête vers l'extérieur. On sent la peur sur les visages. Les indiens sont hors champ.

Coups de fusil : **Paw ! Paw !**

Cris de guerre indiens : **YYIIIIIHHH !**

Un pionnier : **Les indiens !**

Une femme : **Oh, mon dieu !**

Un autre pionnier : **Aux armes !!**

Case 4 : Plan général de la « meute » hurlante des indiens qui déferle sur le bivouac. Image impressionnante. Les colons sont hors cadre.

Détonations : **Paw ! Paw !**

Cris de guerre indiens : **YYIIIIIHHH**

Case 5 : Plan général des colons en position de tir, abrités derrière leurs chariots. Le soldat est parmi eux. Le tir est nourri. Une pluie de feu et de métal s'abat sur les indiens.

Le soldat : **Tuer-les tous !**

Un colon : **Prends ça, cul rouge !**

Case 6 : Plan général. Les assaillants sont fauchés par les salves meurtrières des colons. Les indiens sont mal armés. Rares sont ceux qui possèdent un fusil. Ils décochent des flèches, projectiles dérisoires au regard des carabines à répétition des colons. Les corps tombent, les chevaux se cabrent. Nuages de poussières. Cris et détonations.

Un indien (touché mortellement) : **Aaaah !**

Case 7 : Plan de l'indienne, de dos, qui s'enfuie en direction de ses frères, les mains toujours ligotées dans le dos. Elle lance un cri désespéré comme si celui-ci pouvait arrêter le massacre.

L'indienne : **Nooon !!!**

Case 8 : Plan rapproché du soldat qui ajuste l'indienne.

Case 9 : Plan américain de l'indienne, de face, fauchée en pleine course par le tir du soldat. Gerbe de sang.

Un découpage possible

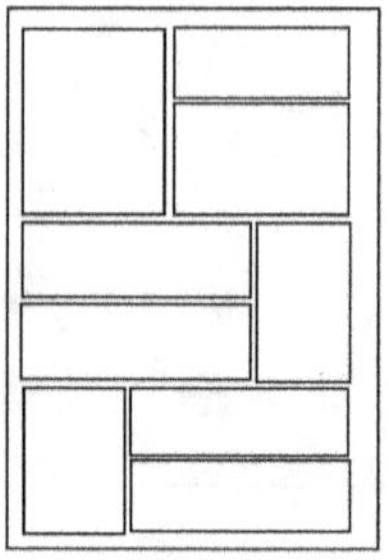

PAW
BUM!
PAW!
PAW! PAW!

Case 1 : Plan d'ensemble. Quelques colons et le soldat, fusil sous le bras, déambulent entre les cadavres des assaillants. Ils vérifient qu'un bon indien est bien un indien mort… Image de carnage, terrible, qui renvoie aux grands classiques du genre (« Little big man », « Soldat bleu »…). Elle résonne comme un écho lointain de la tragédie de Wounded knee que nous allons évoquer dans cet album.

Case 2 : Plan d'ensemble d'un nombreux public sous le charme, enthousiaste, en train d'applaudir bruyamment. Le public, mexicain en majorité, est assis dans une tribune tubulaire démontable. On peut lire sur une banderole : « farwest Festival Tour ». Sur une autre : « Welcome to Ciudad Juarez ».

Spectateur : **Otra ! Otra !**

Spectateur 2 : **Viva Geronimo ! Viva Mexico !**

Spectateur 3 : **Hasta la muerte !**

Spectateur 4 : **Bravo !**

Case 3 : Plan général. Les indiens morts sont maintenant debout. Ils donnent la main aux colons. Tous saluent le public en souriant. Des fleurs offertes peuvent apparaître, jetées au premier plan.

Case 4 : Plan rapproché de 4 verres de bière qui s'entrechoquent en un toast porté. Incrustation dans la case 5 ?

Voix hors cadre : A la dernière représentation du Farwest Festival Tour !

Case 5 : Extérieur nuit. Plan général. Quatre jeunes indiens, acteurs du spectacle - un solide guerrier, un beau gosse aux cheveux longs, un jeunot et la captive - sont assis à la terrasse d'un café-restaurant de Ciudad Juarez (voir les formidables jeunes acteurs indiens du non moins formidable film « Phœnix Arizona »). Douceur de la soirée mexicaine qui invite à traîner.

Le costaud (qui porte le verre à ses lèvres) : Pas mécontent que la tournée se termine !

Le jeunot : Ouais. Demain on passe la frontière et on rentre à la maison.

Le beau gosse : Que diriez-vous d'un petit tour en discoteca pour arroser ça ?…

L'indienne : Sans moi, les garçons. Je suis crevée. Je rentre à l'hôtel…

Case 6 : Plan rapproché du beau gosse.

Le beau gosse : Pas prudent de se balader seule à Ciudad Juarez. Je vais te raccompagner.

Case 7 : Plan rapproché de la jeune indienne. Elle affiche un petit sourire taquin.

La jeune femme : Tu n'aurais pas une petite idée derrière la tête ?

Case 8 : Plan des deux protagonistes (cadrage plus serré que celui de la c5).

L'indien : Je ne plaisante pas, Adsila. Je te parle de toutes ces malheureuses qui ne sont jamais rentrées chez elles…

Adsila : Que veux-tu qu'il m'arrive ? L'hôtel est au bout de la rue…

Case 9 : Plan rapproché du costaud. Regard grave. Ou alors plan rapproché sur Adsila, sérieuse également. A voir.

Le costaud : Sherman a raison. Prends un taxi. On sera plus tranquille…

CLAP! CLAP! BRAVO! CLAP! CLAP!
YEEPEE!
CLAP! CLAP! CLAP! BRAVO!
FAR WEST FESTIVAL TOUR
À LA DERNIÈRE REPRÉSENTATION DU FAR WEST FESTIVAL TOUR!
CLING!
TU N'AURAIS PAS UNE PETITE IDÉE DERRIÈRE LA TÊTE

Case 1 : Plan d'ensemble. Extérieur. Fin d'après-midi – le soleil jette ses derniers feux. Le mobil home de Lance apparaît sur son promontoire rocheux, garé non loin d'un monolithe de grés rouge (voir pl 07 T2).	*Voix en provenance du mobil home* : Oh, Lance…
Case 2 : Intérieur du mobil home de Lance (voir pl 06 T2). Lance et Helen sont étendus sur le lit. Ils viennent de faire l'amour et reposent dans une douce béatitude…	*Helen* : Bon sang, j'en avais tellement envie… *Lance* : J'adore rendre service…
Case 3 : Plan rapproché des tourtereaux. Helen, faussement en colère, assène des coups d'oreiller sur le visage de Lance. Celui-ci se marre tout en se protégeant des coups avec les avant-bras ou en essayant de bloquer le geste de la jeune femme.	*Helen* : **Salaud !** *Lance* : Je me rends, agent Catwright !
Case 4 : Gros plan du couple, de profil. Helen est maintenant allongé sur Lance. Elle fait face à son compagnon. Celui-ci la regarde tendrement.	*Lance* : Moi aussi, Helen, j'en avais envie… *Téléphone hors cadre* : Dong… Dong…* * *Hells Bells - ACDC*
Case 5 : Gros plan sur l'Iphone de Lance posée sur une tablette à côté du lit. Il continue à faire entendre sa triste mélopée de cloches. Le visage de Perkins apparaît sur l'écran.	*Lance hors cadre* : Merde, c'est Perkins… *Helen hors cadre* : Mmm… Laisse sonner… *Téléphone* : Dong… Dong…
Case 6 : Plan de Lance en train de plaquer son téléphone contre son oreille. Helen apparaît derrière ou à côté de lui.	*Helen* : Qu'est-ce qu'il veut ? On l'a quitté il y a pas deux heures… *Lance* : Pas bon signe… *Lance 2* : Allo !
Case 7 : Gros plan de Lance, renfrogné.	*Perkins dans le combiné* : Perkins. Ramène tes fesses en vitesse à l'agence. On a une urgence ! *Lance* : Je te rappelle, au cas où tu perdrais la mémoire, que je suis de relâche pour deux jours. C'est G.Stayed qui est de permanence.
Case 8 : Gros plan de Perkins.	*Perkins* : Stayed ne fera pas l'affaire. C'est toi qu'ils veulent au Département d'Etat. Breafing dans trente minutes ! Passe prendre Catwright. *Perkins 2* : Si ce n'est pas déjà fait…
Case 9 : Lance vient d'éteindre le combiné du téléphone. Il est songeur et n'écoute pas vraiment ce que dit Helen. Celle-ci le regarde.	*Helen* : Tu crois qu'il est au courant pour nous ?… *Lance* : Hum ?
Case 10 : Contre champ. Helen vient de se rendre compte que Lance est préoccupé par quelque chose (elle n'a pas entendu la teneur de son entretien avec Parkins).	*Helen* : Qu'est-ce qu'il y a ? *Lance* : Depuis quand le Département d'Etat* met-il son nez dans les affaires du FBI ? **Le Department of State est l'équivalent américain du ministère des affaires étrangères.*

OH LANCE ...
J'EN AVAIS TELLEMENT ENVIE
J'ADORE RENDRE SERVICE ...
SALAUD!!
JE ME RENDS AGENT CARTWRIGHT !
MOI AUSSI J'EN AVAIS ENVIE.
DONG! DONG!
MMM... LAISSE SONNER.
C'EST PERKINS !
YES
DONG! DONG!
QUE PEUT-IL VOULOIR, ON L'A QUITTÉ IL Y A À PEINE DEUX HEURES ...
PAS BON SIGNE.
ALLO !
* HELL BELLS ACDC
RAMÈNE TES FESSES EN VITESSE À L'AGENCE, ON A UNE URGENCE.
JE TE RAPPELLE QUE SUIS DE RELÂCHE POUR DEUX JOURS. C'EST G.STAYED QUI EST DE PERMANENCE.
STAYED NE FERA PAS L'AFFAIRE, C'EST TOI QU'ILS VEULENT AU DÉPARTEMENT D'ÉTAT. BRIEFING DANS TRENTE MINUTES. PASSE PRENDRE CARTWRIGHT.
SI CE N'EST DÉJÀ FAIT !
TU CROIS QU'IL EST AU COURANT POUR NOUS ?
HMM ...
QU'Y A-TIL ?
DEPUIS QUAND LE DÉPARTEMENT D'ÉTAT MET-IL SON NEZ DANS LES AFFAIRES DU FBI ?
LCD6 P4

Case 1 : Extérieur nuit. Plan d'ensemble du bâtiment de l'agence du FBI d'Albuquerque. De la lumière filtre depuis la salle de réunion située à côté du bureau de Perkins. Se baser sur la c1 pl06 T3 plutôt que sur la c1 pl03 T1 où nous nous étions fourvoyés en mettant en place un bâtiment en brique typique de la côte Est.

Voix de Perkins en provenance du bâtiment du FBI d'Albuquerque : Adsila Studi a disparu hier soir, en plein centre ville…

Voix de Lance ou d'Helen en provenance du bâtiment du FBI d'Albuquerque : Quelle heure était-il ?

Case 2 : Intérieur de la salle de réunion de l'agence. Lance et Helen sont assis à la table. Perkins est debout, un cigare neuf à la main, en attente d'une flamme.

Perkins : Ses amis l'ont mise dans un taxi peu après 20H00…

Perkins 2 : Un taxi qui n'est jamais arrivé à l'hôtel…

Case 3 : Plan américain de Lance. Regard suspicieux.

Lance : Une question avant d'aller plus loin : pourquoi les Mexicains font-ils appel à nous ? Ce n'est pas dans leur habitude…

Case 4 : Plongée sur la salle de réunion.

Perkins : Pour deux raisons : 1 - Adsila est une ressortissante américaine…

Lance : Ce n'est pas la première ni la dernière yankee à disparaître au Mexique…

Perkins 2 : 2 - Elle a été enlevée à Ciudad Juarez…

Case 5 : Gros plan de Lance qui lève un sourcil interrogateur. Il ne comprend pas.

Lance : Et ?…

Case 6 : Plan américain de Perkins en train d'allumer son cigare. Il s'adresse à Helen assise de dos, ou de ¾ dos au premier plan.

Perkins : **Puf ! Puf !** Il ne lit jamais la presse ?

Case 7 : Plan américain d'Helen qui lève les mains et les épaules en signe d'impuissance.

Helen : J'ai bien peur qu'il ne regarde même pas le journal télévisé…

Case 8 : Plan américain de Perkins, de ¾ dos au premier plan. Tout en fumant, il peut pointer la ville de Ciudad Juarez (ville frontière avec El Paso) sur la carte murale du bureau. On distingue nettement la frontière entre les deux pays. La ville d'Albuquerque peut également apparaître sur la carte.

Perkins : Ciudad Juarez, la « cité des mortes »… Depuis 1993, plus de 1600 femmes y ont été assassinées selon un rituel immuable : enlèvement, sévices sexuels, mutilations, strangulation…

Case 9 : Gros plan de Perkins qui vient de se retourner vers ses deux interlocuteurs.

Perkins : La majorité de ces femmes avaient des caractéristiques physiques communes : entre 13 et 25 ans, menues, brunes, les cheveux longs…

Perkins 2 : Comme Adisla Studi

à l'hôtel
pourquoi les mexicains
FBI
Ce n'est pas la première
et 21.
!?
Il ne lit jamais la presse ?!
télévisé
cheveux longs
Ciudad Juarez

Case 1 : Plan général de la salle de réunion. Varier angle de vue et cadrage avec celui de la c2 pl 05. Perkins fulmine.

Lance : Tous ces meurtres sont du ressort des autorités mexicaines…

Perkins : **D'accord avec toi !** S'il ne tenait qu'à moi, les mangeurs de tacos se débrouilleraient seuls…

Case 2 : Plan américain de Perkins qui peut pointer un doigt vers Lance.

Perkins : Mais aujourd'hui, une américaine est touchée par ce fléau hyper médiatisé – même si tu l'ignores. Le Département d'Etat a donc demandé qu'une délégation du FBI accompagne les investigations de la police Mexicaine.

Case 3 : Plan de Lance et Helen. Ils écoutent Perkins.

Perkins hors cadre : Celle-ci a accepté. A contre cœur. Voilà pourquoi vous êtes ce soir dans mon bureau.

Lance : J'imagine qu'on est sur le coup parce que Adsila Studi porte un nom Cherokee ?

Case 4 : Plan de Perkins. Il pianote sur un PC portable relié à un vidéo projecteur.

Perkins : J'imagine aussi. Car ce n'est pas moi qui vous ai choisi. Ça vient d'en haut, du Département d'Etat. Ils estiment que tu es le plus apte à remplir cette mission.

Case 5 : Plan de Perkins qui fait face à nouveau aux deux agents.

Helen : Le Département d'Etat ?! Depuis quand met-il son nez dans la cuisine du FBI ?

Perkins : Le DOJ* a entériné. J'ai cru qu'ils nous avaient refilé le bébé parce qu'on était les plus proche de la frontière.

** United States Department of Justice. Le FBI est sous sa tutelle.*

Case 6 : Plan rapproché d'Helen.

Perkins hors cadre : Ciudad Juarez n'est qu'à 267 miles d'Albuquerque. Et vous savez comme moi qu'un enlèvement doit être résolu dans les 48 heures si on veut avoir une chance de retrouver la victime vivante.

Case 7 : Plan rapproché de Lance.

Perkins hors cadre : Le fait que Lance soit en poste à Albuquerque n'est, à mon avis, qu'un hasard. C'est lui qu'ils veulent sur ce coup. Personne d'autre. Et ne me demandez pas pourquoi, je n'en sais foutrement rien !

Case 8 : Plongée sur le trio.

Perkins : La seule chose qui m'importe est que ce choix peut être bon pour l'agence !

Lance : Et ton avancement…

Helen : A condition de retrouver Adsila… Qu'a-t-on sur elle ?

Celle-ci
le departement d'état ?!
FBI ?
Ciudad Juarez

Case 1 : Plan moyen. Perkins, de dos ou de ¾ dos au premier plan, projette une image d'Adisla sur le mur de la salle de réunion, via le vidéo projecteur relié au PC. Lance et Helen peuvent également apparaître à « l'écran ».

Perkins : Pas grand chose…

Perkins : Elle est née à Tulsa, Oklahoma, il y a 25 ans. Vie familiale et scolarité sans problème.

Case 2 : Zoom sur le visage, en gros plan, d'Adsila Studi.

Perkins hors cadre : D'après sa carte blanche*, elle aurait 3/4 de sang cherokee et ¼ de sang blanc dans les veines…

* *Certificate of Degree of Indian Blood. Appelé maladroitement "carte blanche", il certifie un certain pourcentage de sang indien et ne peut être délivré qu'aux membres d'une tribu reconnue par les autorités fédérales.*

Case 3 : Plan américain de Lance et Helen, de face. Cette dernière regarde l'image projetée tandis que Lance regarde Helen.

Helen : C'est donc bien une Cherokee…

Lance : Pas sûr. Les Cherokee sont pointilleux sur la notion d'appartenance à la tribu. Pour eux ce n'est pas une question de pourcentage de sang indien, mais plutôt de descendance.

Case 4 : Plan général du trio (plongée ?) dans la salle de réunion. Le portrait d'Adsila est toujours projeté sur le mur.

Lance : Il faut avoir un ancêtre recensé par la commission Dawes, en 1907, pour pouvoir se dire Cherokee…

Perkins : Et donc toucher les aides gouvernementales…

Perkins 2 : Ou palper la manne des casinos…

Helen : Il faudra qu'on vérifie la liste de la commission Dawes. Que faisait Adsila à Ciudad Juarez ?

Case 5 : Perkins projette une autre image d'Adisla. Cette fois-ci, elle est en tenue de scène, comme nous l'avons vue au début de l'album. Elle sourit au photographe.

Perkins : Elle est actrice professionnelle pour le *Farwest Festival Tour*, une version moderne du *Wild West Show* de Bufallo Bill.

Perkins 2 : Ils rejouent la conquête de l'ouest. J'ai vu le spectacle avec mon petit-fils. Très bon !

Case 6 : Plan américain des trois amis indiens d'Adsila aperçus au bar de la planche 03. Ils sourient à l'objectif (d'Adsila ?) tout en se tenant bras dessus bras dessous. De gauche à droite : Sherman, le beau gosse ; Russel, le costaud ; Thomas, le jeune.

Perkins hors cadre : Sherman Green – indien Spokane ; Russel Boyington – sioux Lakota ; Thomas Louis – Huron. Tous les trois sont également membres de la troupe. Ils sont les derniers à avoir vu Adsila vivante…

Perkins hors cadre 2 : Ciudad Jarez était leur dernière date.

Case 7 : Plan rapproché de Perkins.

Perkins : En vous envoyant là-bas, je ne vous demande pas d'élucider un sac de nœud mexicain où grouillent sûrement narcotrafiquants, politiciens corrompus et policiers véreux…

Perkins : Je vous demande juste de ramener Adsila au pays. En espérant que la fin de l'histoire sera différente de celle du *Farwest Festival Tour*…

FAR WES
FESTIVAL
TOUR

Case 1 : Gros plan sur le visage, de profil, d'Adsila. Elle baisse la tête, abattue. Une larme peut couler, ou avoir laissé une trace, sur sa joue.

Case 2 : Zoom arrière. Plan américain d'Adsila. Elle est assise au bord d'un lit. Elle est perdue dans la contemplation de ses mains. Mains qu'elle « triture » nerveusement. Elle n'est pas entravée. Elle a toujours les vêtements qu'elle portait à la planche 03.

Case 3 : Zoom arrière. Plan général de la pièce ou est enfermée Adsila. C'est une chambre meublée sobrement. Ce n'est pas un réduit misérable. Un miroir est accroché sur l'un des murs.

Case 4 : Plan moyen ou américain d'Adsila. Elle vient de se mettre debout subitement. Elle fait face au miroir et crie sa rage et son désespoir.

Adsila : **Je sais que vous êtes là ! Répondez-moi !**

Case 5 : Nous sommes maintenant de l'autre côté du miroir. Adsila s'est effondrée. Elle peut passer, en un instant, de la révolte à l'abattement. Elle murmure, implore.

Adsila : Laissez-moi partir… Je vous en prie…

Case 6 : Zoom arrière. Plan général. Adsila est toujours effondrée de l'autre côté du miroir. Deux hommes, un petit et un grand, en amorce de dos ou ¾ dos au premier plan, sont entrés dans le cadre. Tous deux regardent Adsila.

Le grand : Qu'est-ce qu'on attend pour lui faire sa fête ? Comme aux autres…

Le petit : Elle, c'est différent. C'est une commande…

Case 7 : Contre champ. Plan rapproché des deux hommes. Ils ont l'un et l'autre des gueules qui font peur. Le genre malsain. Leurs vêtements et leur allure indiquent cependant qu'ils n'appartiennent pas au même milieu social. Le petit fait indubitablement partie des nantis alors que le grand est un parvenu, un exécutant des basses oeuvres qui s'est extrait des bas-fonds de Ciudad Juarez.

Le grand : Une commande de qui ?

Le petit : De quelqu'un qui s'est foutu de notre gueule… Un enfoiré qui nous prend pour des gagnes petit…

RÉPONDEZ-MOI!
LCD 6 / PAGE 08

Case 1 : Extérieur jour. Plan d'ensemble. L'antique pick up de Lance roule sur l'interstate 25 qui relie Albuquerque à El Paso puis Ciudad Juarez de l'autre côté de la frontière. L'intersate 25 longe, par endroits, le Rio Grande. Elle traverse également des patelins aux noms évocateurs tels que « Truth of Consequences » ou « Las Cruces »…

Voix d'Helen en provenance du pick up : Les femmes assassinées de Ciudad Juarez sont les victimes de la plus grande histoire criminelle de tous les temps.

Voix de Lance en provenance de la voiture : Tu n'y vas pas un peu fort ?

Case 2 : Intérieur de la voiture. Plan rapproché. Lance, de profil au premier plan, est au volant. Il fume une cigarette en regardant la route. Helen, de ¾ face à l'arrière plan, un peu condescendante, argumente en regardant son collègue.

Helen : Lance, nous ne sommes pas les premiers enquêteurs américains à plancher sur ce dossier…

Helen 2 : Tu te souviens de Robert K.Ressler ?

Lance : Euh… Je devrais ?…

Case 3 : Champ contre champ. Plan rapproché. Helen est maintenant de ¾ dos au premier plan et Lance de profil à l'arrière plan. Il sourit, en silence.

Helen : Je comprends que tu n'aies pas envie, après ta journée de travail, d'éplucher les enquêtes historiques de la « maison ». Mais je me demande parfois si tu ouvres un roman ou si tu vas au cinéma…

Case 4 : Plan rapproché sur les deux agents, de face (de l'autre côté du pare-brise ?). Helen continue son argumentation en regardant Lance.

Helen : Robert K. Ressler fut expert-conseil pour le film « Le Silence des agneaux », de Jonathan Demme…

Helen 2 : C'était un as du FBI, l'inventeur de l'expression « serial killer » et de la technique du profilage des tueurs en série.

Case 5 : Gros plan de Helen.

Helen : Il est venu enquêter à Ciudad Juárez, à titre privé…

Case 6 : Extérieur. Plan d'ensemble. La voiture des deux agents croise d'autres véhicules. Varier cadrage et paysages avec ceux de la c1. On peut voir une pancarte annonçant que El Paso est tout proche.

Voix d'Helen en provenance de la voiture : Dans son rapport, Ressler affirme que la plupart des meurtres des femmes sont l'œuvre de deux serials killers qui ne seraient pas mexicains, mais, plus probablement, espagnols ou chicanos des Etats-Unis…

Case 7 : Retour dans la voiture. Helen a « chaussé » ses lunettes. Studieuse, elle lit un document qu'elle a sorti de son sac posé sur la banquette entre elle et Lance.

Helen : Un an plus tard, l'une des plus grandes expertes mondiales en criminologie, Candice Skrapec, de l'université de Californie, confirma qu'environ 90 meurtres ont sans doute été commis par un ou deux tueurs en série…

Case 8 : Plan d'ensemble. La voiture de Lance arrive sur El Paso. Les tours de la city se dressent dans le lointain.

Lance : Je vois que l'élève Catwright a bien préparé son examen…

Helen : Il faut bien que les bons éléments pallient aux insuffisances des cancres !

Lance : Exact. C'est pour ça qu'on forme le meilleur binôme du FBI. Et il va falloir le prouver. On arrive à El Paso. Ciudad Juarez est juste de l'autre côté de la frontière…

Pour cette planche on peut s'inspirer des cadrages et angles de vue des pl 12-13-14, T1 et des pl 10-11, T2. Ce type de séquence est un des classiques de la série…

25
Robert
un an plus tard
exact
FBI !

Case 1 : Plan d'ensemble de la ville frontière de Ciudad Juarez écrasée sous un soleil de plomb. La métropole de plus d'un million et demi d'habitants s'étend en plein désert de Chihuahua à plus de 1000 m d'altitude. Une ville hors normes, bastion de l'un des plus importants cartels de la drogue d'Amérique latine. La présence des narcos est d'ailleurs palpable : villas millionnaires retranchées dans de nouveaux quartiers résidentiels, discothèques où la drogue circule librement, centres de paris sportifs servant au blanchiment d'argent, 4x4 aux vitres fumées et sans plaques d'immatriculation... Et, partout, des hommes armés... Grande case impressionnante (histoire de bien planter le lieu de l'action de ce T6, de donner la vision saisissante qui s'offre au visiteur en provenance d'El Paso, et de faire contre poids à la densité de la planche précédente). Des voix proviennent du bâtiment de la police situé dans le downtown de la cité.	*Voix en provenance du QG de la police* : Je suis Alfredo Ramirez Mandujano, le chef de la police municipale de Ciudad Juarez... *Voix en provenance du QG de la police 2* : Une ville qui est aussi l'un des points de transit les plus denses de la planète. Cinquante cinq millions de personnes, de voitures et de camions passent chaque année la *Línea* (1) *Voix en provenance du QG de la police 3* : Trois cent tonnes de cocaïne colombienne pénètrent dans votre pays chaque année. Un tiers passerait par Ciudad Juarez... *Voix en provenance du QG de la police 4* : Vous comprendrez donc que vous devrez vous passer de l'aide de mes services. D'autant plus que ces *cabrones* (2) de Mexico ont émis des réserves sur notre capacité à conduire cette enquête... (1)*Frontière qui sépare le Mexique du Texas.* (2)*Enfoirés*
Case 2 : Incrustation dans la case 1. Gros plan sur Alfredo Mandujano, le chef de la police municipale de Ciudad Juarez. Il affiche un rictus sarcastique.	*Mandujano* : Ils ont diligenté un de leurs « fédéraux d'élite », un cow-boy du *GPO* (3)... (3)*Grupo de Operationes Especiales*
Case 3 : Plan général. Intérieur du bureau du chef de la police municipal de Ciudad Juarez. L'agent fédéral mexicain Ortega (25-30 ans) sert la main d'Helen. Lance et Mandujano sont également présents, debouts devant le bureau du chef de la police.	*Ortega* : Agent Manuel Ortega. Enchanté. *Mandujano* : Ortega vous accompagnera dans vos investigations.
Case 4 : Plan moyen de Mandujano qui retourne s'asseoir derrière son bureau.	*Mandujano* : Je vous souhaite bien du plaisir car je ne vois pas comment deux gringos et un blanc bec tout juste sorti de l'école pourraient réussir là où peinent des fonctionnaires expérimentés...
Case 5 : Plan américain de Lance, Helen et Ortega. Celui-ci, malgré son jeune âge, fixe Mandujano avec la naïveté des incorruptibles. Le trio peut également se diriger vers la porte. Ortega ferme la marche. Il se retourne vers Mandujano.	*Ortega* : Peut-être parce que les gringos et le *cabron* de Mexico n'ont pas à honorer les engagements pris par certains fonctionnaires expérimentés...
Case 6 : Plan rapproché de Mandujano qui fulmine.	

JE SUIS ALFRED MANDUJANO LE CHEF DE LA POLICE MUNICIPALE DE CIUDAD JUAREZ
UNE VILLE QUI EST L'UN DES POINTS DE TRANSIT LES PLUS DENSE DE LA PLANÈTE CINQUANTE CINQ MILLIONS DE PERSONNES, DE VOITURES ET DE CAMIONS PASSENT CHAQUE ANNÉE LA LINÉA.
TROIS CENTS TONNES DE COCAINE COLOMBIENNE PÉNÈTRENT DANS VOTRE PAYS CHAQUE ANNÉE. UN TIERS PASSERAIT PAR CIUDAD JUAREZ
VOUS COMPRENDREZ DONC QUE VOUS DEVREZ VOUS PASSER DE L'AIDE DE MES SERVICES, D'AUTANT PLUS QUE CES "CABRONES" DE MEXICO ONT ÉMIS DES RÉSERVES SUR NOS CAPACITÉS À CONDUIRE CETTE ENQUÊTE ...
STORY P10. V2.

Case 1 : Plan moyen ou américain. Le trio d'agents remonte l'un des couloirs du QG de la police municipale de Ciudad Juarez. Ortega marche entre Lance et Helen. Il donne quelques précisions sur Mandujano.	*Helen (ironique)* : Entente cordiale, dites donc, entre services de police mexicains. *Lance* : Un peu comme chez nous… *Ortega* : De forts soupçons de corruption pèsent sur le chef Mandujano. Ses appuis politiques et économiques ont, pour l'instant, jouer en sa faveur…
Case 2 : Plan rapproché d'Ortega.	*Ortega* : Mais l'homme est vicieux. Il nous faudra être sur nos gardes…
Case 3 : Plan général. Le trio sort du bâtiment de la police municipale.	*Ortega* : Qui souhaitez-vous interroger en premier ? *Lance* : Ceux qui ont vu Adisla Studi pour la dernière fois.
Case 4 : Case césure. Nous changeons de lieu. Une femme soigne des plantes, fleurs et cactus, disposés avec soin autour d'une fontaine qui trône au centre d'un magnifique et ample patio colonial. Un portable bip dans la poche de la femme.	*Portable* : **Bip ! Bip !**
Case 5 : Zoom sur la femme. Une certaine noblesse se dégage de ses traits. Les marques du temps et les désillusions ont laissé leur empreinte mais on voit tout de suite qu'elle fut belle, autrefois. Elle a autour de la soixantaine. Elle porte des vêtements simples, un peu austères, mais choisis avec goût. Elle consulte le sms qu'elle vient de recevoir. Regard impassible. Elle peut aussi répondre au téléphone par un laconique : « Bien, je lui transmets… » si on veut une case plus explicite.	
Case 6 : La femme marche maintenant dans la galerie supérieure du patio. Galerie sur laquelle donnent des chambres munies de lourdes portes en bois ouvragé à double battant. La femme se dirige vers l'une d'elles.	
Case 7 : Plan général. Intérieur d'une vaste chambre plongée dans la pénombre (les rideaux tirés laissent cependant filtrer quelques rayons lumineux qui jouent avec la poussière). Un lit colonial à baldaquin apparait de dos ou de ¾ dos au premier plan. On devine, plus qu'on ne voit, l'occupant du lit. Quelques accessoires médicaux (perfusion, câbles reliés à un ordinateur posé sur une desserte) apparaissent également. A l'arrière plan, la femme s'adresse à l'occupant depuis la porte à double battant.	*La femme* : Monsieur, il est arrivé… *L'homme dans le lit* : Seul ?... *La femme 2* : Accompagné d'un autre agent du FBI. Une femme.
Case 8 : Contre champ. L'homme allongé dans le lit s'adresse à la femme. On ne distingue pas son visage dans la pénombre du baldaquin.	*L'homme* : Et la fille ? *La femme* : Aucune nouvelle du dénommé Chucho…

Bip! Bip!
TOC
TOC
Story P11

Case 1 : Plan général du truck américain qui abrite le bureau du directeur du *Farwest Festival Tour*. Il est stationné sur l'emplacement même du spectacle, garé à côté des autres véhicules de la troupe. Une certaine effervescence indique qu'ils sont sur le départ. Le directeur, accompagné de Lance, Helen et Ortega, descend l'escalier amovible déplié le long du véhicule.

Le directeur : C'est ma troisième tournée avec Adsila Studi. Pas un conflit, pas une revendication. C'est une fille attachante et une grande professionnelle. Très fiable.

Case 2 : Plan rapproché du quatuor et plus particulièrement du directeur. Celui-ci est soucieux.

Le directeur : Son absence n'en est que plus inquiétante...

Le directeur 2 : Vous allez pouvoir interroger Sherman Green et ses gars. Ils étaient avec Adsila après la représentation. Sherman est le responsable de la cavalerie du *Farwest Festival Tour*.

Case 3 : Plan général. Le quatuor arrive devant l'enclos des chevaux. Green, Boyinton et Louis (aperçus à la planche 03) procèdent à l'embarquement des chevaux dans un impressionnant van taille XXL.

Le directeur (interpelle) : Sherman ! Peux-tu avancer avec Boyington et Louis !

Case 4 : Plan moyen des trois indiens qui font face aux agents fédéraux. Le directeur fait les présentations.

Le directeur : Les agents Crow Dog et Catwright, du FBI, voudraient vous poser quelques questions. A propos d'Adsila.

Le directeur 2 : Je vous laisse car il y a encore du boulot. On décolle dans une heure !

Case 5 : Case césure qui indique qu'un laps de temps s'est écoulé. On peut – par exemple - venir cadrer quelques chevaux dans l'enclos, en attente d'embarquement.

Case 6 : Plan général. Les indiens sont devant l'enclos des chevaux. Thomas Louis (le jeune huron à lunettes – sosie du héros de "Phoenix Arizona" ?) est assis sur la barre supérieure de l'enclos. Les deux autres font face aux fédéraux. Lance mène l'interrogatoire. Helen, se tient légèrement en retrait, un carnet de notes (Un IPad ?) à la main. Ortega, quant à lui, vaque un peu à l'écart. Il observe.

Russel (le costaud) : On l'a déposée dans un taxi en quittant le bar.

Helen : Quel genre de taxi ?

Russel 2 : Le même que ceux que l'on voit en ville : moitié vert, moitié blanc.

Sherman (le beau gosse) : Il portait un autocollant « Taxi amigo » sur la portière...

Case 7 Plan rapproché de Sherman. Il baisse les yeux, abattu.

Sherman : Je m'en rappelle parce que j'ai charrié Adsila en disant qu'elle préférait finir la nuit avec son amigo taxi plutôt qu'avec nous...

Lance hors cadre : Qu'avez-vous fait ensuite ?

Case 8 : Plan rapproché de Lance qui fait face à Sherman.

Sherman hors cadre : On est allé boire des coups dans une discothèque, le *Zoo bar*. On a fait la fermeture, puis on est rentré à l'hôtel. On n'a pas remarqué que la clé d'Adsila était toujours accrochée au râtelier de la réception...

Case 9 : Gros plan de Russel.

Russel : Le lendemain nous avons frappé à sa porte à 9H00. Pas de réponse. Le réceptionniste nous a ouvert. Sa chambre était telle qu'Adsila l'avait laissée la veille...

C'EST MA TROISIÈME TOURNÉE AVEC ADSILA STUDI. PAS UN CONFLIT, PAS UNE REVENDICATION. C'EST UNE FILLE ATTACHANTE ET UNE GRANDE PROFESSIONNELLE. TRÈS FIABLE.
SON ABSENCE N'EN EST QUE PLUS INQUIÉTANTE...
VOUS ALLEZ POUVOIR INTERROGER SHERMAN GREEN ET SES GARS. ILS ÉTAIENT AVEC ADSILA APRÈS LA REPRÉSENTATION. SHERMAN EST LE RESPONSABLE DE LA CAVALERIE DU FARWEST FESTIVAL TOUR.
NE LES RETARDEZ PAS TROP, ON DOIT PRENDRE LA ROUTEDANS UNE HEURE.
ON A DÉPOSÉ ADSILA DANS UN TAXI EN QUITTANT LE BAR.
QUEL GENRE DE TAXI ?
LE MÊME QUE CEUX QUE L'ON VOIT EN VILLE : MOITIÉ VERT, MOITIÉ BLANC.
IL PORTAIT UN AUTOCOLLANT « TAXI AMIGO » SUR LA PORTIÈRE...
JE M'EN RAPPELLE PARCE QUE J'AI CHARRIÉ ADSILA EN DISANT QU'ELLE PRÉFÉRAIT FINIR LA NUIT AVEC SON AMIGO TAXI PLUTÔT QU'AVEC NOUS...
QU'AVEZ-VOUS FAIT ENSUITE ?
ON EST ALLÉ BOIRE DES COUPS DANS UNE DISCOTHÈQUE, LE ZOULBAR. ON A FAIT LA FERMETURE, PUIS ON EST RENTRÉ À L'HÔTEL. ON N'A PAS REMARQUÉ QUE LA CLÉ D'ADSILA ÉTAIT TOUJOURS ACCROCHÉE AU RÂTELIER DE LA RÉCEPTION...
LE LENDEMAIN NOUS AVONS FRAPPÉ À SA PORTE À 9H00. PAS DE RÉPONSE. LE RÉCEPTIONNISTE NOUS A OUVERT. SA CHAMBRE ÉTAIT TELLE QU'ADSILA L'AVAIT LAISSÉE LA VEILLE...

LANCE CROW DOG 6 : *« Souviens-toi de Wounded Knee… »* **PLANCHE 13**

Scénario : Serge PERROTIN - *Story board* : Gaël SEJOURNE - *Dessin* : Jean-Marc ALLAIS

Case 1 : Plan général en plongée (si non utilisé à la planche précédante).

Lance : A-t-elle mentionné quelqu'un qui pourrait lui vouloir du mal ?

Russel (sourire) : Vouloir du mal à Adsila ?! C'est comme si vous en vouliez à Bouh[1]…

Helen : Pensez-vous que sa famille pourrait être impliquée ?

Sherman (pensif) : Peut-être… Indirectement…

[1] *Personnage attachant du film « Monstres & Cie »*

Case 2 : Plan américain de Helen qui s'est approché de Sherman. Sherman est de dos ou de ¾ dos au premier plan tandis que Helen est face à lui à l'arrière plan.

Sherman : Adsila appartient a une famille respectée chez les cherokees. Elle descend du grand Sequoyah[2]

Helen (sourire en repensant à la discusission dans le bureau de Perkins) : Elle est donc une vraie cherokee…

[2] *Inventeur de l'alphabet cherokee (1767-1843)*

Case 3 : Contre champ.

Sherman : Et fière de l'être ! Mais la nation cherokee est régulièrement sujette à des tensions internes… Et le père d'Adsila siège au conseil tribal…

Case 4 : Plan moyen du trio Sherman, Lance, Helen.

Sherman : Son père aurait-il subi des pressions?…

Lance : Pas à notre connaissance. Aucune demande de rançon n'a été réclamée non plus. Mais nous allons alerter l'agence d'Oklahoma afin de creuser la piste politique…

Case 5 : Gros plan sur la main de Lance qui tend sa carte de visite à Sherman.

Lance : Sherman, voici mon numéro de téléphone. Appelez-moi si Adsila essaie d'entrer en contact avec vous.

Case 6 : Le trio de fédéraux repart mais une voix se fait entendre dans son dos.

Russel hors cadre : Agent Crow Dog ?

Case 7 : Plan américain de Lance, de profil, qui fait face maintenant à Russel. Celui-ci le domine d'une bonne tête.

Russel : Tu es de Rosebud[3] ?

Lance : J'ai grandi à Pine Ridge[3].

[3] *Réserves sioux du Sud-Dakota*

Case 8 : Zoom. Plan rapproché sur Russel qui sert la main de Lance dans la sienne, paume contre paume, pouces croisés.

Russel : Retrouve Adsila. Ukis Yawa aka niye, misu[4].

[4] *On compte sur toi, petit frère.*

A-T-ELLE MENTIONNÉ QUELQU'UN QUI POURRAIT L UI VOULOIR DU MAL ?
VOULOIR DU MAL À ADSILA ?! C'EST COMME SI VOUS EN VOULIEZ À BOUH(1)...
PENSEZ-VOUS QUE SA FAMILLE POURRAIT ÊTRE IMPLIQUÉE ?
PEUT-ÊTRE INDIRECTEME
ADSILA APPARTIENT A UNE FAMILLE RESPECTÉE CHEZ LES CHEROKEES. ELLE DESCEND DU GRAND SEQUOYAH(2)
ELLE EST DONC UNE VRAIE CHEROKEE...
ET FIÈRE DE L'ÊTRE ! MAIS LA NATION CHEROKEE EST RÉGULIÈREMENT SUJETTE À DES TENSIONS INTERNES... ET LE PÈRE D'ADSILA SIÈGE AU CONSEIL TRIBAL...
PAS À NOTRE CONNAISSANCE. AUCUNE DEMANDE DE RANÇON N'A ÉTÉ RÉCLAMÉE NON PLUS. MAIS NOUS ALLONS ALERTER L'AGENCE D'OKLAHOMA AFIN DE CREUSER LA PISTE POLITIQUE...
SHERMAN, VOICI MON NUMÉRO DE TÉLÉPHONE. APPELEZ-MOI SI ADSILA ESSAIE D'ENTRER EN CONTACT AVEC VOUS.
AGENT CROW DOG !? ...
ES-TU DE ROSEBUD ?
J'AI GRANDI À PINE RIDGE
RETROUVE ADSILA. UKIS YAWA AKA NIYE, MISU

Case 1 : Plan général de l'une des centrales de taxis de Ciudad Juarez. Les taxis moitié blanc/moitié vert, décrits par Russel, sont alignés sur le parking de la centrale. Certains arborent le logo "Taxi amigo".

Voix en provenance de l'un des bureaux : Agent Ortega, aucun de mes gars n'a pris un client, Samedi soir, devant le *Chihuahua Restaurante*.

Voix d'Ortega en provenance de l'un des bureaux : C'est pourtant votre centrale qui est responsable de ce secteur.

Case 2 : Intérieur de l'un bureau de la centrale de taxi. C'est une pièce exiguë où règne un bordel très latino. Ortega fait face au gérant. A côté de lui, une réceptionniste, coiffée d'un casque et d'un micro, est connectée à un ordinateur et communique avec les chauffeurs.

Le gérant : Il arrive que d'autres centrales empiètent sur nos plates-bandes. Comme nous sur les leurs, d'ailleurs.

Le gérant 2 : Sans parler des « pirates »...

Case 3 : Plan du gérant de face à l'arrière plan. Ortega est de dos ou de ¾ dos au premier plan.

Ortega : Les taxis clandestins ?

Le gérant : Oui. Ils peignent leur voiture avec nos couleurs et demandent la moitié du prix.

Case 4 : Contre champ. Ortega prend des notes sur un carnet ou sur un IPhone.

Ortega : Certains de vos taxis portent l'inscription « Taxi amigo »...

Le gérant : Des chauffeurs qui ont suivi une formation de guide touristique afin de pourvoir fournir un service supplémentaire à leurs clients.

Ortega 2 : Qui a dispensé la formation ?

Le gérant 2 : La municipalité. Elle pourra vous fournir la liste des chauffeurs de toutes les centrales...

Case 5 : Gros plan d'une femme mexicaine. Visage grave et digne.

La femme : Je suis Maria Cano, du Comité *Chihuahua Pro Derechos Humanos*.

Case 6 : Plan moyen d'Helen et Maria Cano. Elles marchent l'une à côté de l'autre dans l'allée d'un parc arboré. Helen interroge la femme de l'association Pro Derechos Humanos.

Maria Cano : Avant, les cadavres des victimes violées et étranglées étaient toujours retrouvés, mais, maintenant les corps disparaissent purement et simplement.

Case 7 : Plan américain. Helen, à l'arrière plan, écoute Maria Cano de profil au premier plan.

Maria Cano : Notre association a recensé plus de huit cents disparues alors que les cadavres retrouvés dépassent à peine le nombre de quatre cents...

Case 8 : Contre champ.

Maria Cano : Faire disparaître les corps des femmes assassinées est devenu une spécialité de la mafia. Le procédé s'appelle *lechada*, un liquide corrosif, composé de chaux vive et d'acides, qui dissout rapidement les chairs et les os sans laisser la moindre preuve...

Case 9 : Gros plan d'Helen, figée par l'horreur de ce qu'elle vient d'entendre.

AGENTORTEGA, AUCUN DE MES GARS N'A PRIS UN CLIENT, SAMEDI SOIR, DEVANT LE CHIHUAHUA RESTAURANTE.
C'EST POURTANT VOTRE CENTRALE QUI EST RESPONSABLE DE CE SECTEUR.
IL ARRIVE QUE D'AUTRES CENTRALES EMPIÈTENT SUR NOS PLATES-BANDES. COMME NOUS SUR LES LEURS, D'AILLEURS.
SANS PARLER DES "PIRATES".
LES TAXIS CLANDESTINS ?
OUI. ILS PEIGNENT LEUR VOITURE AVEC NOS COULEURS ET DEMANDENT LA MOITIÉ DU PRIX.
CERTAINS DE VOS TAXIS PORTENT L'INSCRIPTION " TAXI AMIGO " ...
DES CHAUFFEURS QUI ONT SUIVI UNE FORMATION DE GUIDE TOURISTIQUE AFIN DE POUVOIR FOURNIR UN SERVICE SUPPLÉMENTAIRE À LEURS CLIENTS.
QUI A DISPENSÉ LA FORMATION ?
LA MUNICIPALITÉ. ELLE POURRA VOUS FOURNIR LA LISTE DES CHAUFFEURS DE TOUTES LES CENTRALES
JE SUIS MARIA CANO, DU COMITÉ CHIHUAHUA PRO DERECHOS HUMANOS.
AVANT, LES CADAVRES DES VICTIMES VIOLÉES ET ÉTRANGLÉES ÉTAIENT TOUJOURS RETROUVÉS, MAIS, MAINTENANT LES CORPS DISPARAISSENT PUREMENT ET SIMPLEMENT.
NOTRE ASSOCIATION A RECENSÉ PLUS DE HUIT CENTS DISPARUES ALORS QUE LES CADAVRES RETROUVÉS DÉPASSENT À PEINE LE NOMBRE DE QUATRE CENTS...
FAIRE DISPARAÎTRE LES CORPS DES FEMMES ASSASSINÉES EST DEVENU UNE SPÉCIALITÉ DE LA MAFIA. LE PROCÉDÉ S'APPELLE LECHADA, UN LIQUIDE CORROSIF, COMPOSÉ DE CHAUX VIVE ET D'ACIDES, QUI DISSOUT RAPIDEMENT LES CHAIRS ET LES OS SANS LAISSER LA MOINDRE PREUVE...

LANCE CROW DOG 6 : *« Souviens-toi de Wounded Knee... »* **PLANCHE 15**

Scénario : Serge PERROTIN - *Story board* : Gaël SEJOURNE - *Dessin* : Jean-Marc ALLAIS

Case 1 : Gros plan d'une photographie d'un portrait d'une des jeunes disparues.

Voix off : Je m'appelle Esther Chávez Sáenz et je suis directrice d'une association qui lutte contre la violence domestique.

Case 2 : Zoom arrière. Un second portrait de jeune fille apparaît à côté du premier. Les deux sont punaisés sur un mur.

Voix off de Esther Chávez Sáenz : Ciudad Juárez possède de nombreuses *maquiladoras*, des usines de sous-traitance où une main-d'oeuvre à bas prix assemble des produits destinés à l'exportation. Cette main-d'oeuvre est surtout composée de femmes.

Case 3 : Zoom arrière. Un troisième et un quatrième portrait de jeunes victimes apparaissent à côté des deux premiers.

Voix off de Esther Chávez Sáenz : La plupart des victimes sont ouvrières. Elles ont été surprises alors qu'elles se rendaient à leur travail ou retournaient chez elles.

Case 4 : Grande case. Un haut mur est recouvert de dizaines et de dizaines de portraits de jeunes femmes. Lance et Esther Chávez discutent devant ce « mur des lamentations ». Image impressionnante. Lance, le nez sur le mur, observe de près chacun des portraits punaisés. Il cherche le visage d'Adsila. Madame Chávez suit à côté.

Voix off de Esther Chávez Sáenz : On a retrouvé des cadavres de femmes et de fillettes près de ranchs appartenant à des trafiquants de cocaïne.

Voix off de Esther Sáenz 2 : Ceci établit clairement un lien entre les homicides et la mafia. Mais les autorités refusent d'orienter l'enquête dans cette direction.

Case 5 : Gros plan de madame Chávez.

Voix off de Esther Chávez Sáenz : Un nom revient souvent parmi les suspects, celui d'Alejandro Camacho, dit « Chucho ». Il est membre d'une riche famille, propriétaire de boîtes de nuit.

Case 6 : Plan américain de Lance de profil et de Madame Chávez. Lance continue à observer les portraits punaisés au mur. Il s'est arrêté devant un visage qui lui rappelle celui d'Adsila.

Lance : Le *Zoo bar* lui appartient ?

Esther Chávez : Comme la plupart des discothèques de la ville. Mais Camacho n'a jamais été inquiété. Il est protégé par le gouverneur de l'Etat de Chihuahua.

Case 7 : Plan rapproché de la jeune fille qui ressemble à Adsila (en version mexicaine). Lance peut apparaître partiellement de dos ou de ¾ dos au premier plan.

Esther Chávez hors cadre : Celui-ci déclare que ces meurtres n'ont rien de surprenant parce que les victimes se promènent dans des endroits sombres en portant des minijupes...

Case 8 : Lance s'est retourné vers Madame Chávez. Celle-ci est de dos au premier plan.

Esther Chávez : Le gouverneur soutient que l'arrestation récente de la bande de *Los Rebeldes* a mis un terme à ce cauchemar. Mais ce n'est pas vrai. On continue à retrouver des cadavres de femmes violées et torturées.

Case 9 : Contre champ. Madame Chávez est face à la caméra.

Esther Chávez : Monsieur Crow Dog, vous devez faire vite. Sinon, j'ai peur que vous ne retrouviez jamais votre compatriote vivante...

JE M'APPELLE ESTHER CHÁVEZ SÁENZ ET JE SUIS DIRECTRICE D'UNE ASSOCIATION QUI LUTTE CONTRE LA VIOLENCE DOMESTIQUE.
CIUDAD JUÁREZ POSSÈDE DE NOMBREUSES MAQUILADORAS, DES USINES DE SOUS-TRAITANCE OÙ UNE MAIN-D'OEUVRE À BAS PRIX ASSEMBLE DES PRODUITS DESTINÉS À L'EXPORTATION. CETTE MAIN-D'OEUVRE EST SURTOUT COMPOSÉE DE FEMMES.
LA PLUPART DES VICTIMES SONT OUVRIÈRES. ELLES ONT ÉTÉ SURPRISES ALORS QU'ELLES SE RENDAIENT À LEUR TRAVAIL OU RETOURNAIENT CHEZ ELLES.
ON A RETROUVÉ DES CADAVRES DE FEMMES ET DE FILLETTES PRÈS DE RANCHS APPARTENANT À DES TRAFIQUANTS DE COCAÏNE.
CECI ÉTABLIT CLAIREMENT UN LIEN ENTRE LES HOMICIDES ET LA MAFIA. MAIS LES AUTORITÉS REFUSENT D'ORIENTER L'ENQUÊTE DANS CETTE DIRECTION.
UN NOM REVIENT SOUVENT PARMI LES SUSPECTS, CELUI D'ALEJ ANDROCAMACHO, DIT CHUCHO. IL EST MEMBRE D'UNE RICHE FAMILLE, PROPRIÉTAIRE DE BOÎTES DE NUIT.
LE ZOO BAR LUI APPARTIENT ?
COMME LA PLUPART DES DISCOTHÈQUES DE LA VILLE. MAIS CAMACHO N'A JAMAIS ÉTÉ INQUIÉTÉ. IL EST PROTÉGÉ PAR LE GOUVERNEUR DE L'ETAT DE CHIHUAHUA.
CELUI-CI DÉCLARE QUE CES MEURTRES N'ONT RIEN DE SURPRENANT PARCE QUE LES VICTIMES SE PROMÈNENT D ANS DES ENDROITS SOMBRES EN PORTANT DES MINIJUPES...
LE GOUVERNEUR SOUTIENT QUE L'ARRESTATION RÉCENTE DE LA BANDE DE LOS REBELDES A MIS UN TERME À CE CAUCHEMAR MAIS CE N'EST PAS VRAI. ON CONTINUE À RETROUVER DES CADAVRES DE FEMMES VIOLÉES ET TORTURÉES.
MONSIEUR CROW DOG, VOUS DEVEZ FAIRE VITE. SINON, J'AI PEUR QUE VOUS NE RETROUVIEZ JAMAIS VOTRE COMPATRIOTE VIVANTE...

Case 1 : Plan rapproché d'Helen. Elle conclut une conversation, le portable collé à l'oreille.

Helen : Ok, demain, 9H00 à l'hôtel Lucerna.

Case 2 : Intérieur nuit. Plan général de la chambre d'hôtel de Lance et Helen (une pièce spacieuse munie de deux lits individuels type US - comme si Lance et Helen avaient encore des difficultés à assumer/réaliser le fait qu'ils forment un couple…) Helen se retourne vers Lance en train de pianoter sur son ordinateur portable. Il peut être assis devant un bureau ou sur un des lits avec des papiers et documents étalés autour de lui. Il est en train de consulter ses mails tout en saisissant les données de l'enquête pour l'élaboration d'un rapport.

Helen : Ortega a organisé un RDV, avec Patricio Morales, un député du *Partido del Trabajo*[(1)], une formation qui lutte contre la corruption.

[(1)] *Parti du Travail*

Lance : Et pour les « taxis amigo » ?

Helen 2 : Il a fait chou blanc. Les chauffeurs qui ont ce label ont tous un alibi pour la soirée du 14. Ortega pense qu'Adsila a été enlevée par un « taxi pirate ».

Helen 3 : Il jette l'éponge et rentre se coucher…

Case 3 : Plan de Lance qui lève les yeux vers Helen. Celle-ci s'est tournée vers la fenêtre et regarde la rue plongée dans une obscurité inquiétante troublée par de rares lampadaires. https://www.youtube.com/watch?v=hhIsIr8n03w

Lance : La piste cherokee suivie par nos agents de l'Oklahoma n'a pas été plus concluante. Le père d'Adsila n'a subi aucune pression politique.

Case 4 : Plan américain de Lance qui ferme le couvercle de son portable.

Lance : On ferait bien de faire comme l'agent Ortega... Perkins attendra pour son rapport…

Case 5 : Plan rapproché d'Helen, de dos. Elle est toujours plongée dans l'observation de la rue.

Lance hors cadre : Helen ?

Case 6 : Lance s'est approché d'Helen par derrière. Il la prend dans ses bras afin de la réconforter.

Lance : Ça va ?

Case 7 : Plan rapproché du couple. Helen a pivoté et s'abandonne maintenant dans les bras de Lance, contre sa poitrine. Elle lâche prise.

Helen : Adsila est entre les mains de ces barbares…

Helen 2 : Des hommes qui s'acharnent sur des femmes, des monstres qui défigurent et mutilent jusqu'à leur cadavre…

Case 8 : Gros plan d'Helen. Des larmes d'impuissance coulent. Pour les lecteurs de la série, cette scène fait écho à celle vécue par Lance et Taïna, pl 20 du T5.

Helen : Oh, Lance… Je déteste ce monde… Ce monde qui me fait haïr mes semblables…

Case 1 : Plan d'ensemble de l'hôtel Lucerna. Il s'agit d'un établissement de standing où se retrouve la haute société Juaresienne. Un Chevrolet Escalade noir, vitres teintée, se gare devant l'hôtel.

Voix en provenance de l'hôtel : Les documents et les témoignages dont je dispose sont accablants pour les autorités.

Voix en provenance de l'hôtel 2 : Ils prouvent que certains meurtres de femmes sont commis lors de rituels sataniques, d'orgies perverses de narcotrafiquants...

Case 2 : Zoom sur le Chevrolet. Deux hommes en descendent. Costards noirs, lunettes noires.

Voix en provenance de l'hôtel off : On pense également que certains enlèvements peuvent alimenter le trafic d'organes et la réalisation de *snuff movies* (1)...

(1) Films, généralement pornographiques, qui mettent en scène la torture et le meurtre réels d'une ou plusieurs personnes.

Case 3 : Intérieur de l'hôtel. Plan général du spacieux hall d'accueil qui ouvre sur un salon de réception. Lance, Helen, Ortega et le député Morales sont assis dans de confortables fauteuils en cuir. Le garde du corps de Morales se tient debout, légèrement en retrait.

Morales : Les assassins sont protégés par des fonctionnaires de différents corps de police en complicité avec des personnes haut placées à la tête de fortunes acquises illégalement...

Case 4 : Zoom sur Morales qui explique. Lance et Ortega, de chaque coté du député, peuvent apparaître également dans le cadre. Ainsi que le garde du corps derrière le canapé ou les fauteuils où est assis le quatuor. Lance consule les notes de son Ipad.

Morales : Messieurs les agents fédéraux, ce réseau d'influence s'étend maintenant comme une pieuvre sur l'ensemble du Mexique et constitue une grave menace pour les institutions de notre pays.

Lance : Est-ce que le dénommé Alejandro Camacho – dit « Chucho » - fait partie de ces personnes haut placées dont vous parlez ?...

Action & rythme !

Case 5 : Plan rapproché d'Helen qui hurle. Elle est assise à côté de Lance et vient d'apercevoir quelque chose du côté du hall d'accueil. Elle plonge sa main dans son sac pour en sortir un flingue.

Helen : **A terre !**

Case 6 : Tout va très vite. Plan américian (en contre plongée ?) des deux hommes en noir devant le comptoir de réception derrière lequel se planque le personnel d'accueil. Les deux tueurs défouraillent sans sommation avec des guns munis de silencieux.

Guns : **Pump ! Pump !**

Case 7 : Ortega n'a pas le temps d'utiliser son arme ; il se prend une balle en plein coeur. Gerbe de sang.

Ortega : **AH !**

Case 8 : Idem pour Morales qui est fauché par une balle en pleine tête.

Morales : **AAAH !**

Case 9 : Lance et Helen n'ont pas le temps d'utiliser leur arme de service. Le garde de Morales, armé de deux pistolets, s'est glissé derrière eux - entre eux - et pointe un canon sur chacune de leurs tempes en croisant les bras.

Le garde du corps : **Tsst ! Tsst !**

À TERRE!
?
TST TST!...
?

Case 1 : Plan rapproché d'Adsila. Elle dort, couchée sur le lit de sa cellule.

Case 2 : Zoom arrière. Plongée. Un homme – de ¾ dos au premier plan – entre dans le cadre. Il s'agit de l'un des deux hommes de la planche 08 (le grand, dit « Machete »). Il regarde la jeune femme endormie.

Case 3 : Contre champ en plan rapproché sur le visage de l'homme. Il affiche un rictus pervers qui foutrait les jetons à Lisbeth Salender elle-même (là, j'exagère un peu, rien n'effraie Lisbeth Salender ☺)

Case 4 : L'homme écarte le drap qui recouvre le corps d'Adsila. Elle dort habillée (les mêmes fringues que ceux de la planche 08). Elle se recroqueville instantanément dans un geste de protection.

Adsila : **Non !**

Case 5 : Plan rapproché de l'homme qui braque l'objectif de son IPhone ou de son Ipad sur Adsila en souriant.

L'homme : C'est ça, americana, montre que tu es bien vivante…

Case 6 : Pièce de l'autre côté du miroir. Chucho (le petit de la planche 08), de dos ou de ¾ dos, regarde la scène qui se joue dans la cellule. Machete continue à filmer Adsila qui se recroqueville dans un coin.

Le grand (de l'autre côté du miroir) : Dis un petit mot a *El Viejo*[(1)] qu'il voit bien qu'on ne t'a pas tué.

Le grand 2 : Pas encore, **AH ! AH !**

Adsila : Aidez-moi, je vous en prie…

[(1)] *Le Vieux*

Case 7 : Extérieur. Jour lumineux qui contraste fortement avec l'ambiance de la cellule d'Adsila. Plan d'ensemble. Le Chevrolet noir des portes-flingues roule dans le désert de Chihuahua qui ceinture la ville de Ciudad Juarez. Grande case à la coupe ?

Case 8 : Incrustation dans la c7 ? Intérieur du Chevrolet. Lance et Helen sont assis sur le siège arrière. Leurs mains ont été ligotés et leur bouche bâillonnée avec du scotch.

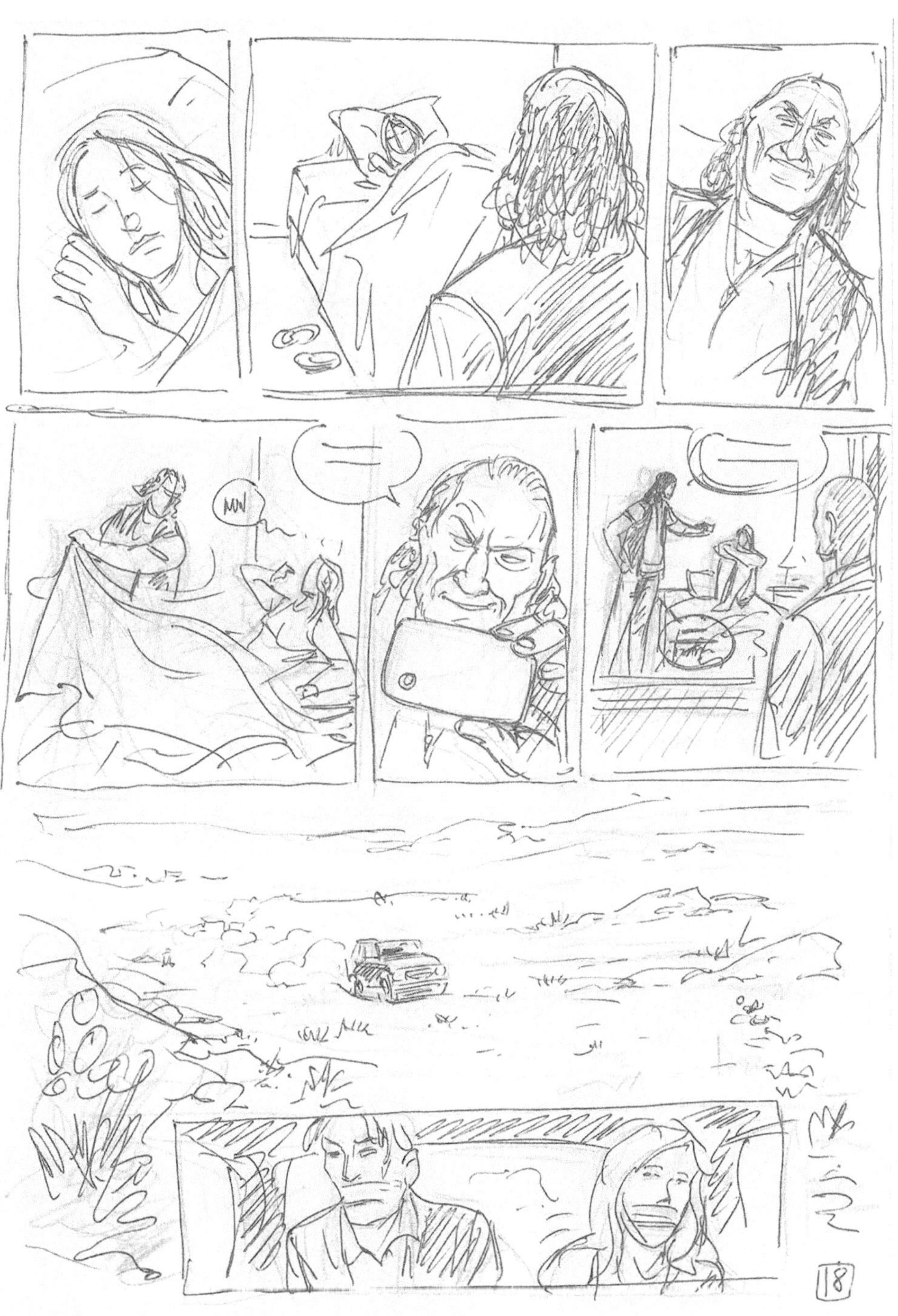
MM
18

Case 1 : Le Chevrolet noir franchit le portail d'entrée d'une hacienda. Celle-ci est solidement gardée.

Case 2 : Plan d'ensemble. Le Chevrolet remonte lentement une allée gravillonnée bordée d'arbres exotiques. Cette dernière permet d'accéder à une imposante hacienda coloniale du XVIIème siècle rénovée avec goût. Tout dans ce lieu respire le luxe et la puissance : l'oasis de verdure exubérante au milieu du désert, les aménagements high tech associés à la noblesse de la vieille demeure, le bleu turquoise de la piscine adjacente, les pelouses dignes d'un cottage anglais, les cerbères postés ça et là… Cette ouverture de planche est un peu un clin d'œil/hommage au formidable *Juan Solo* de G.Bess et A.Jodorowsky

Case 3 : Le Chevrolet noir est garé devant la bâtisse sur le seuil duquel attend la vénérable Doña Luisa, la femme aperçue à la planche 11. Helen et Lance sont extraits du véhicule.
Si besoin de place, on peut shunter la remontée de l'allée (c2) pour arriver directement à la c3.

Case 4 : Plan moyen. Lance et Helen, escortés par les deux men in black, sont maintenant dans le hall d'entrée (ou le patio) de la demeure. Ils font face à Doña Luisa qui les regarde avec austérité. Elle s'adresse avec autorité aux cerbères qui menacent toujours les agents du FBI de leur arme.

Doña Luisa : Enlevez ces baillons et dénouez ces liens !

Case 5 : Plan américain de Lance qui se frotte les poignets. Il fait face à Doña Luisa (qui peut être hors cadre). Regard froid. Derrière lui, un cerbère tranche les liens d'Helen (elle est toujours bâillonnée).

Lance : Vous venez de commanditer l'enlèvement de deux agents du FBI américain en mission officielle sur le sol mexicain…

Case 6 : Plan rapproché d'Helen, en colère, libérée de son bâillon. Elle pointe un doigt accusateur sur Doña Luisa.

Helen : Enlèvement doublé des meurtres d'un député et d'un agent fédéral mexicain !

Case 7 : Plan rapproché de Doña Luisa. Elle ignore Helen et ne s'adresse qu'à Lance. Elle tend une main vers l'étage.

Doña Luisa : Agent Crow Dog, je ne suis qu'un exécutant. Le donneur d'ordres vous attend.

Case 8 : Plan moyen. Doña Luisa a tourné les talons et se dirige vers le superbe escalier qui permet d'accéder au premier étage du patio (elle peut être déjà sur les premières marches).

Lance : J'exige, au préalable, de récupérer mon arme et mon portable.

Doña Luisa : Je ne pense pas que vous soyez en état d'exiger quoi que ce soit. Suivez-moi. Votre hôte est impatient de faire votre connaissance.

JE NE
Suivez-moi

Case 1 : Plan américain. Doña Luisa, de ¾ face à l'arrière plan, s'est arrêtée, la main sur la poignée de la porte à double battant. Elle s'est retournée vers Lance et Helen, de dos ou de ¾ dos au premier plan. Doña Luisa s'adresse à Lance.

Doña Luisa : Agent Crow Dog, le maître de cette maison est gravement malade. Je sais que ce ne sera pas facile mais veillez à ne pas lui procurer d'émotions fortes...

Case 2 : Contre champ. Lance et Helen se regardent sans comprendre.

Case 3 : Plan général de la chambre aperçue à la planche 11. On peut inverser le point de vue de la c7 pl11 en nous mettant en plongée, dans le dos des entrants, avec le lit en arrière plan.

Doña Luisa : Monsieur, l'agent Crow Dog est là...

L'homme dans le lit : Doña Luisa, ouvrez les rideaux que je vois enfin son visage...

Case 4 : Zoom sur le lit. Le visage de l'homme est toujours dans la pénombre. Il fait signe d'approcher d'un geste de la main.

L'homme dans le lit : Approche mon garçon... Approche...

Case 5 : Doña Luisa écarte les rideaux de la fenêtre d'un geste vif. Un flot de lumière pénètre dans la pièce.

Case 6 : Contre plongée en plan rapproché de Lance, interloqué.

Lance : Qui... Qui êtes-vous ?

Case 7 : Contre champ. Plongée. Plan rapproché de l'homme dans le lit. Son visage est maintenant dans la lumière. C'est un vieil homme aux traits aussi desséchés que ceux d'une vieille pomme. Un tube à oxygène sort de son nez et est relié à une bouteille accrochée à une patère. Des électrodes, sur sa poitrine, sont branchées à un terminal de surveillance cardio-vasculaire. Ses traits marqués, son teint cadavérique, indiquent qu'il n'en n'a plus pour très longtemps. Seul son regard clair, incisif, anime encore ce masque de mort.

L'homme dans le lit : Tu... Tu as ses yeux...

?
20

Case 1 : Gros plan de Lance, troublé, qui réitère sa question.	*Lance* : Qui êtes-vous ? *L'homme dans le lit hors cadre* : Je suis Seamus O'Connor…
Case 2 : Zoom. Très gros plan sur le regard de Lance. Il se souvient.	*Voix off* : Seamus O'Connor…
Case 3 : Flash back. Intérieur de la cuisine d'Emma Crow Dog (la grand-mère paternelle de Lance*)* sur la réserve de Pine Ridge. Lance, huit ans (cf T2), fait face à sa grand-mère.	*Emma* : Mon petit Lance, méfie-toi toujours de celui qui porte ce nom. C'est un *wasicu sica*[(1)] [(1)] *homme blanc mauvais*
Case 4 : Plan américain d'Helen qui s'est approché de Lance. Il est encore perdu dans sa rêverie.	*Helen* : Lance, qui est cet homme ? *Lance* : Le… Le meurtrier de mon père…
Case 5 : Retour sur Seamus, toujours dans son lit (il ne bougera pas de cette position pendant tout l'album, il va donc falloir être inventif pour varier les plans - à la manière de Jean Giraud qui avait alité Blueberry dans les derniers albums de la série ☺).	*Seamus* : Tu me fais de la peine… Tu crois toujours à ces racontars de vieille femme ? *Seamus 2* : Pourquoi ne pas simplement lui dire que je suis ton grand-père ? Le père de Catlynne O'Connor, ta mère…
Case 6 : Retour sur Lance et Helen. La jeune femme veut avoir confirmation de ce que vient de dire le vieil homme. Lance reste muet.	*Helen* : Lance, c'est vrai ?... *Seamus hors cadre* : Mon garçon, je ne cherche pas ta reconnaissance et encore moins ton amour…
Case 7 : Plan moyen ou américain de Doña Luisa qui approche et tend un Ipad dans une main.	*Seamus hors cadre* : Je veux juste que tu m'écoutes. Si tu ne le fais pas pour moi, fais-le au moins pour elle… *Seamus hors cadre 2* : Doña Luisa, montrez-lui…
Case 8 : Plan rapproché sur l'écran de l'IPad tenu par Lance. On y distingue clairement Adsila recroquevillée sur son lit (l'image que filmait l'homme à la c6 pl18)	*Adsila* : Aidez-moi, je vous en prie…

Case 1 : Contre plongée sur Lance qui explose. Hors de lui, il pointe un doigt accusateur sur son grand-père.

Lance : **Vous avez enlevé Adsila Studi !**

Lance 2 : **Où est-elle ?! J'exige que vous la libériez !**

Case 2 : Plongée sur Seamus.

Seamus : Je la libérerai seulement si tu consens à entendre mon récit. Mon récit et une proposition…

Lance hors cadre : Sinon ?...

Seamus : Sinon, elle mourra…

Case 3 : Plan général de la chambre. Seamus tend un doigt vers Helen. Lance s'interpose.

Helen : Lance, je crois que nous devons…

Seamus : Doña Luisa, Faites sortir cette femme !

Lance : Je veux qu'elle reste !

Case 4 : Plan rapproché de Seamus, faussement ingénu.

Seamus : Pourquoi ? Serait-elle autre chose qu'une simple collègue ?

Case 5 : Plan rapproché de Lance. Regard froid fixé sur le vieil homme.

Lance : C'est… C'est ma compagne…

Case 6 : Plan rapproché d'Helen qui s'est tournée vers Lance (hors cadre) et le regarde intensément. La réaction, le regard d'Helen, nous en dit long sur leur relation. On devine ainsi que Lance exprime pour la première fois, avec des mots, ses sentiments envers la jeune femme.

Case 7 : Plan de Seamus qui tend un bras vers les chaises disposées à côté de son lit.

Seamus : Parfait… Approchez-vous, tous les deux et asseyez-vous…

Seamus 2 : Le vieil homme que je suis devenu à beaucoup à dire, Lance… Et beaucoup à se faire pardonner…

VOUS AVEZ ENLEVÉ ADSILA STUDI !
OÙ EST-ELLE ?! J'EXIGE QUE VOUS LA LIBÉRIEZ !
JE LA LIBERAI SEULEMENT SI TU CONSENS À ENTENDRE MON RÉCIT MON RÉCIT ET UNE PROPOSITION...
SINON ?
SINON ELLE MOURRA.
LANCE JE CROIS QUE NOUS DEVRIONS...
DONA LUISA FAITES SORTIR CETTE FEMME
JE VEUX QU'ELLE RESTE.
POURQUOI ? SERAIT-ELLE AUTRE CHOSE QU'UNE SIMPLE COLLÈGUE ?
C'EST... C'EST MA COMPAGNE...
PARFAIT... APPROCHEZ-VOUS TOUS LES DEUX, ALORS ET ASSEYEZ-VOUS...
LE VIEIL HOMME QUE JE SUIS DEVENU À BEAUCOUP À DIRE, LANCE...
ET BEAUCOUP À SE FAIRE PARDONNER...
STORY 22

Case 1 : Vue extérieur de l'hacienda (le patio ?) ou plan d'un planton en faction devant la porte de la chambre de Seamus.	*Voix en provenance de la chambre de Seamus* : Tu sais, mon garçon, je ne t'ai jamais perdu de vue…
	Voix en provenance de la chambre de Seamus 2 : Pendant toutes ces années, j'ai su où tu vivais, ce que tu faisais…
Case 2 : Plan rapproché de Lance.	*Seamus hors cadre* : Si je ne me suis pas manifesté auparavant, c'est uniquement pour respecter les dernières paroles de ta mère.
Case 3 : Plan rapproché de Seamus.	*Seamus* : Ce jour-là, elle me les a crachées au visage et m'a demandé de ne plus jamais m'occuper de sa vie, de ses choix…
	Seamus 2 : Une demande que, à l'époque, je n'ai pas su entendre…
Case 4 : Plan rapproché d'Helen, attentive.	*Seamus hors cadre* : Mais mon heure est venue et il est temps pour moi de dire la vérité.
Case 5 : Plan rapproché de Doña Luisa.	*Seamus hors cadre* : J'ai donc décidé de te faire venir à mes côtés. J'ai utilisé l'indienne, sachant que tu ne le ferais jamais de ton plein gré.
Case 6 : Plan général en plongée de la chambre de Seamus. Lance et Helen sont assis à son chevet. Doña Luisa se tient debout de l'autre côté du lit.	*Seamus* : Mon vieil ami Jack Kelly, un ex ponte du Département d'Etat, a ensuite fait en sorte que le FBI confie l'enquête à leur spécialiste aux « affaires indiennes ».
	Seamus 2 : Lance, tu pourras repartir avec l'indienne. Mais auparavant, je veux que tu écoutes mon histoire… Une histoire qui est aussi la tienne…
Case 7 : Plan américain de Doña Luisa qui saisit un manuscrit relié posé sur la table de chevet de Seamus.	*Seamus* : Doña Luisa, lisez le manuscrit… Je suis las…

TU SAIS, MON GARÇON
JE NE T'AI JAMAIS PERDU DE VUE ...
...PENDANT TOUTES CES ANNÉES, J'AI SU OÙ TU VIVAIS, CE QUE TU FAISAIS ...
SI JE NE ME SUIS PAS MANIFESTÉ, C'EST UNIQUEMENT POUR RESPECTER LES DERNIÈRES PAROLES DE TA MÈRE.
CE JOUR-LÀ, ELLE ME LES A CRACHÉES AU VISAGE ET M'A DEMANDÉ DE NE PLUS JAMAIS M'OCCUPER DE SA VIE, DE SES CHOIX ...
MAIS MON HEURE EST VENUE ET IL EST TEMPS POUR MOI DE DIRE LA VÉRITÉ
J'AI DONC DÉCIDÉ DE TE FAIRE VENIR À MES CÔTÉS. J'AI UTILISÉ L'INDIENNE SACHANT QUE TU NE LE FERAIS JAMAIS DE TON PLEIN GRÉ.
...J'AI ENSUITE GRAISSÉ QUELQUES PATTES AU DÉPARTEMENT D'ÉTAT AFIN QUE LE FBI CONFIE L'ENQUÊTE À LEUR SPÉCIALISTE AUX "AFFAIRES INDIENNES"
LAKE, TU POURRAS REPARTIR AVEC L'INDIENNE MAIS AUPARAVANT, JE VEUX QUE TU ÉCOUTES MON HISTOIRE ...
UNE HISTOIRE QUI EST AUSSI LA TIENNE ...
DOÑA LUISA LISEZ LE MANUSCRIT ... JE SUIS LAS ...
STORY23

Case 1 : Plan d'Adisla observée, depuis le miroir sans teint, par Machete, le plus grand des deux séquestreurs. La jeune cherokee dort à nouveau.	
Case 2 : Machete sort de la pièce attenante à la cellule. Elle débouche sur le couloir du sous-sol d'une boite de nuit où s'entasse un bordel composé de différents cartons contenant des alcools. Un escalier apparaît au premier plan tandis que l'autre extrémité du couloir est fermée par une issue de secours qui donne sur l'arrière du bâtiment. *Attention à la distribution des pièces car ce plan sera repris en fin d'album.*	
Case 3 : Machete remonte l'escalier en allumant une cigarette.	
Case 4 : Plan général. A l'arrière plan, Machete débouche sur le dance floor de la boite de nuit. La boite est vide. Seul un barman s'active mollement derrière le comptoir. Devant la piste, Chucho est affalé dans un fauteuil en compagnie de deux bimbos latinas. Le trio est de dos ou de ¾ dos au premier plan.	*L'homme* : L'indienne s'est encore endormie. *Puta madre*, ça me démange de la réveiller en lui fourrant mon *pistola* entre les jambes. *Chucho* : Pas touche, *Tonto* ! Tu feras ce que tu voudras après la réunion de famille. Elle vient juste de commencer.
Case 5 : Contre champ. Tonto, de dos ou de ¾ dos au premier plan, s'est assis devant le trio. Il saisit une bouteille de Téquila posée sur la table basse et remplit un verre. L'une des deux pouffes est en train de disposer une ligne de coke sur un petit miroir à l'aide d'une lame de rasoir.	*Machete* : Comment tu sais ça ? *Chucho* : Un proche du *Viejo*. Une personne de confiance qui m'a appris que l'indienne n'était qu'un appât.
Case 6 : Plan américain de Chucho qui sniffe sa ligne de coke sur le petit miroir à l'aide d'un tube court présenté par la fille.	*Chucho* : Un appât pour attraper du menu fretin… *Machete hors cadre* : *El americano* du FBI ?
Case 7 : Gros plan de Chucho qui se pince ou s'essuie les narines en affichant un grand sourire.	*Chucho* : Oui, le petit fils du *Viejo*… L'haleine fétide de la mort ramolli l'ancien. Il devient sentimental…
Case 8 : Plan de Machete qui lape d'un coup de langue un peu de sel posé sur la peau, entre son pouce et son index.	*Machete* : Tu veux dire qu'il est foutu pour le business ? *Chucho hors cadre* : Crois-tu ! Ce *bastardo* vendrait père et mère sur son lit de mort.
Case 9 : Plongée sur le quatuor. Machete descend son shot de tequila cul sec après avoir lapé son sel.	*Chucho* : Le petit fretin du FBI n'est là que pour attraper un gros poisson… *Chucho 2* : Un morceau de choix dans lequel j'espère bien croquer.
Case 10 : Plan américain de Chucho rayonnant, affalé dans son fauteuil, une gonzesse dans chaque bras.	*Chucho* : *El Viejo* a fait son temps. L'heure est venue de le remplacer. Mon « contact » va nous y aider…

L'INDIENNE S'EST ENCORE EN-DORMIE. PUTA MADRE, ÇA ME DEMANGE DE LA RÉVEILLER EN LUI FOURRANT MON PISTOLA ENTRE LES JAMBES.
PAS TOUCHE TONTO ! TU FERAS CE QUE TU VOUDRAI APRÈS LA RÉUNION DE FAMIL-LE. ELLE VIENT JUSTE DE COMMENCER.
COMMENT TU SAIS ÇA ?
UN PROCHE DU VIEJO. UNE PERSONNE DE CONFIANCE QUI M'A APPRIS QUE L'INDIEN-NE N'ÉTAIT QU'UN APPÂT.
UN APPÂT POUR ATTRAPER DU MENU FRETIN...
EL AMERICANO DU FBI ?
OUI, LE PETIT-FILS DU VIEJO ... L'HALEINE FÉTIDE DE LA MORT RAMOLLI L'ANCIEN. IL DEVIENT SENTI-MENTAL...
TU VEUX DIRE QU'IL EST FOUTU POUR LE BUSINESS ?
CROIS-TU ! CE BASTARDO VENDRAIT PÈRE ET MÈRE SUR SON LIT DE MORT.
LE PETIT FRETIN DU FBI N'EST LÀ QUE POUR ATTRAPER UN GROS POISSON...
UN MORCEAU DE CHOIX DANS LEQUEL J'ESPÈRE CROQUER.
EL VIEJO A FAIT SON TEMPS. L'HEURE EST VENUE DE LE REMPLACER. MON "CONTACT" VA NOUS Y AIDER...
STORY 24

LANCE CROW DOG 6 : *« Souviens-toi de Wounded Knee... »* — PLANCHE 25

Scénario : Serge PERROTIN - *Story board* : Gaël SEJOURNE - *Dessin* : Jean-Marc ALLAIS

Case 1 : Plan rapproché de Doña Luisa qui commence la lecture du manuscrit.

Doña Luisa : « Je m'appelle Seamus O'Connor. Je suis né à Kiltimagh, dans le comté de Mayo, en Irlande, le 21 Octobre 1913… »

Case 2 : Début du flash back. Irlande, 1923. Plan d'ensemble d'une famille nombreuse devant le bâtiment d'une fermette misérable posée sur la lande irlandaise. Le couple et les enfants sont vêtus de haillons. Seamus a 10 ans. Il est entouré de cinq frères et sœurs dont un, encore bébé, qui repose dans les bras de sa mère

Seamus off 1 : Pendant toute mon enfance, j'ai vu mes parents lutter contre la misère.

Seamus off 2 : Mon père fut emporté par une pneumonie l'année de la grande dépression...

Seamus off 3 : Je décidai alors de partir pour l'Amérique.

Case 3 : Plan d'ensemble du port de Liverpool. Effervescence sur les quais où de nombreuses personnes font leurs adieux aux SS Regina qui s'éloigne.

Seamus off : Le jour de mes seize ans, je fis mes adieux à ma mère et embarquai sur le SS Regina qui assurait la liaison Liverpool-Halifax-Portland.

Case 4 : Plan du pont supérieur du SS Regina. Seamus et Jack fument des cigarettes à côté d'une bouche d'aération.

Seamus off : Sur le bateau, je me liai d'amitié avec Jack Kelly, un jeune américano-irlandais. Brogan, le père de Jack était à la tête d'une florissante épicerie dans le quartier du Queens.

Jack : Crois-moi, Seamus, je n'ai aucune envie de passer ma vie à compter des boites de haricots. Je veux être policier.

Seamus : Ben, moi, ça me plairait bien de travailler dans un commerce…

Case 5 : Plan d'ensemble. Sous-sol de l'épicerie Kelly & Fils (c'est écrit sur une pancarte). Il abrite en fait un entrepôt où transitent d'importants volumes d'alcools. On remarque Seamus qui s'active au milieu des autres commis. Brogan, le père de Jack, dirige les affaires.

Seamus off : Nous étions en pleine prohibition et l'honorable commerce Kelly & Fils abritait en fait l'un des plus important fournisseur d'alcool de l'état de New-York.

Case 6 : Plan du jeune Seamus en bras de chemise et gilet, cigarette au bec, qui effectue une livraison nocturne au volant d'un camion.

Seamus off : Je me révélai doué pour les « affaires » et devins rapidement un homme de confiance sur lequel Brogan Kelly put s'appuyer.

Case 7 : Plan d'une salle de jeux clandestins. Des prostituées sont également présentes. Seamus (20 ans) surveille la salle, accompagné d'un garde du corps. Il a pris du gallon et est sappé comme un Milord (on est en 1933).

Seamus off : En quatre ans, je gagnai plus d'argent que mon père en avait gagné pendant toute sa vie.

Seamus off 2 : Un mois après la fin de la prohibition, la famille Kelly s'allia à la famille Mac Carthaigh qui contrôlait les jeux et la prostitution dans tout l'état du New-Jersey.

Case 8 : Plan moyen ou américain de Seamus (26 ans) et Uli (20 ans) devant l'autel. Seamus passe une bague au doigt de sa femme. Peuvent apparaître : Jack, Brogan et les parents d'Uli Carthaigh.

Seamus off : En 1939, j'épousai Uli Mac Carthaigh et scellai ainsi le rapprochement des deux familles irlandaises.

Case 9 : Plan d'ensemble. Règlement de compte entre irlandais et italiens. Celui-ci peut impliquer une voiture et ses occupants qui défouraillent sur leurs adversaires assis à la terrasse d'un restaurant. Ou bien une descente musclée dans un tripot adverse. Ou bien encore l'assassinat de Brogan dans la suite luxueuse d'un hôtel alors qu'il est en compagnie d'une call girl. Les exemples proposés par le cinéma sont nombreux…

Seamus off : Un clan irlandais maintenant si puissant qu'il faisait de l'ombre à la mafia italienne. Une guerre se déclencha tandis que le bruit des bottes nazis en annonçait une bien plus terrible en Europe.

Seamus off 2 : Brogan Kelly fut assassiné. Le vieux Mac Carthaigh me proposa de prendre sa place le jour où les japs bombardèrent Pearl Harbor.

Case 10 : Plan de Seamus, en uniforme d'officier qui inspecte un champ de pavots. Il est en discussion avec un représentant d'une communauté de paysans de Bornéo. Seamus peut également être accompagné d'un garde du corps américano-irlandais en uniforme de soldat.

Seamus off : En Août 1942, je débarquai à Guadalcanal avec le grade de Lieutenant des Seabees[(1)]. Une affectation qui allait me permettre de mettre en place de nombreux traffics.

(1) Génie militaire de l'US Navy

Seamus off 2 : Je profitai de mes déplacements en Asie pour analyser les processus d'approvisionnement et de transport de l'héroïne car, contrairement à mon beau-père, je savais que les tripots avaient fait long feu...

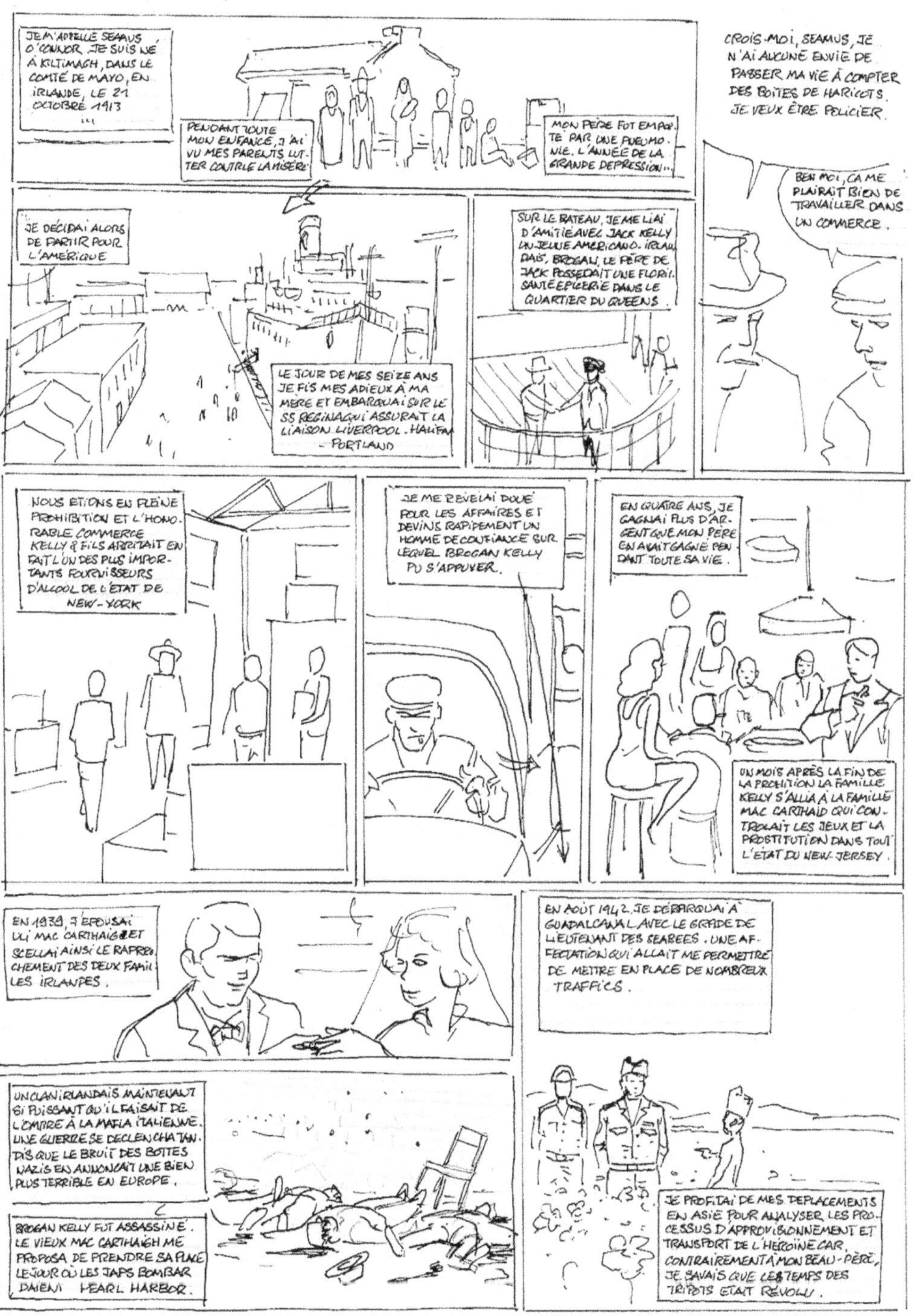
JE M'APPELLE SEAMUS O'CONNOR. JE SUIS NÉ À KILTIMAGH, DANS LE COMTÉ DE MAYO, EN IRLANDE, LE 21 OCTOBRE 1913 ...
PENDANT TOUTE MON ENFANCE, J'AI VU MES PARENTS LUTTER CONTRE LA MISÈRE
MON PÈRE FUT EMPORTÉ PAR UNE PNEUMONIE, L'ANNÉE DE LA GRANDE DEPRESSION...
CROIS-MOI, SEAMUS, JE N'AI AUCUNE ENVIE DE PASSER MA VIE À COMPTER DES BOITES DE HARICOTS. JE VEUX ÊTRE POLICIER.
BEN MOI, ÇA ME PLAIRAIT BIEN DE TRAVAILLER DANS UN COMMERCE.
JE DÉCIDAI ALORS DE PARTIR POUR L'AMÉRIQUE
LE JOUR DE MES SEIZE ANS JE FIS MES ADIEUX À MA MÈRE ET EMBARQUAI SUR LE SS REGINA QUI ASSURAIT LA LIAISON LIVERPOOL - HALIFAX - PORTLAND
SUR LE BATEAU, JE ME LIAI D'AMITIÉ AVEC JACK KELLY UN JEUNE AMERICANO-IRLANDAIS. BROGAN, LE PÈRE DE JACK POSSÉDAIT UNE FLORISSANTE ÉPICERIE DANS LE QUARTIER DU QUEENS.
NOUS ETIONS EN PLEINE PROHIBITION ET L'HONORABLE COMMERCE KELLY & FILS ÉTAIT EN FAIT L'UN DES PLUS IMPORTANTS FOURNISSEURS D'ALCOOL DE L'ÉTAT DE NEW-YORK
JE ME REVELAI DOUÉ POUR LES AFFAIRES ET DEVINS RAPIDEMENT UN HOMME DE CONFIANCE SUR LEQUEL BROGAN KELLY PU S'APPUYER.
EN QUATRE ANS, JE GAGNAI PLUS D'ARGENT QUE MON PÈRE EN AVAIT GAGNÉ PENDANT TOUTE SA VIE.
UN MOIS APRÈS LA FIN DE LA PROHIBITION LA FAMILLE KELLY S'ALLIA À LA FAMILLE MAC CARTHAID QUI CONTROLAIT LES JEUX ET LA PROSTITUTION DANS TOUT L'ETAT DU NEW-JERSEY.
EN 1939, J'EPOUSAI ULI MAC CARTHAIGH ET SCELLAI AINSI LE RAPPROCHEMENT DES DEUX FAMILLES IRLANDES.
EN AOÛT 1942, JE DÉBARQUAI À GUADALCANAL AVEC LE GRADE DE LIEUTENANT DES SEABEES. UNE AFFECTATION QUI ALLAIT ME PERMETTRE DE METTRE EN PLACE DE NOMBREUX TRAFFICS.
UN CLAN IRLANDAIS MAINTENANT SI PUISSANT QU'IL FAISAIT DE L'OMBRE À LA MAFIA ITALIENNE. UNE GUERRE SE DECLENCHA TANDIS QUE LE BRUIT DES BOTTES NAZIS EN ANNONÇAIT UNE BIEN PLUS TERRIBLE EN EUROPE.
BROGAN KELLY FUT ASSASSINÉ. LE VIEUX MAC CARTHAIGH ME PROPOSA DE PRENDRE SA PLACE LE JOUR OÙ LES JAPS BOMBARDAIENT PEARL HARBOR.
JE PROFITAI DE MES DEPLACEMENTS EN ASIE POUR ANALYSER LES PROCESSUS D'APPROVISIONNEMENT ET TRANSPORT DE L'HÉROÏNE CAR, CONTRAIREMENT À MON BEAU-PÈRE, JE SAVAIS QUE LE TEMPS DES TRIPOTS ETAIT RÉVOLU.
STORY 25

Case 1 : Plan d'ensemble. Des cercueils de GI tombés au combat sont alignés sur le tarmac devant un gros porteur militaire. L'embarquement a commencé.

Seamus off : Je savais que notre prospérité future se jouerait sur le terrain de la drogue.

Seamus off 2 : Dès le printemps 1945, j'utilisai les cercueils rapatriant les corps des GI tombés au combat pour faire entrer de l'héroïne dans le pays.

Case 2 : Plan de Seamus (35 ans) entouré d'un aéropage de techniciens et d'architectes. Ils peuvent discuter autour de la maquette d'un bateau de croisière ou d'un futur projet immobilier.
On peut également voir Seamus en croisière sur son yacht avec des amis et des relations de la haute société de la côte Est.
Ou bien serrant la main d'un candidat conservateur lors d'un meeting politique qu'il a financé…

Seamus off : Le commerce de la drogue se révéla plus lucratif que tout ce que j'avais pu imaginer.

Seamus off 2 : En 1948, j'étais à la tête du clan irlandais et d'une fortune considérable. Je diversifiai mes investissements dans l'économie légale et achetai ainsi une respectabilité qui m'avait longtemps été refusée.

Case 3 : Plan général. Seamus et Uli sont en train de faire l'amour dans la suite luxueuse d'un hôtel ou dans la chambre king size de leur demeure.

Seamus off : Seule ombre au tableau, nous étions mariés depuis huit ans et Uli n'arrivait toujours pas à me donner un héritier.

Seamus off 2 : Ce n'était pourtant pas faute d'essayer…

Case 4 : Plan du bébé Catlynne dans les bras de sa maman. Le papa (40 ans), tout fier, se penche également vers l'enfant.

Seamus off : À croire que les prières de ma femme furent entendues car Catlynne arriva parmi nous le 16 Juin 1953.

Case 5 : Plan de Catlynne, 10 ans, avec bombe, cravache et bottes d'équitation qui saute dans les bras de son papa (50 ans). Elle tient dans sa main la longe d'un magnifique poney.

Seamus off : Catlynne, ma fille, la prunelle de mes yeux. Elle m'adorait et rien n'était assez beau pour elle.

Catlynne : Oh, Daddy, il est merveilleux !

Case 6 : Catlynne est maintenant une belle jeune fille de 15 ans. Elle suit un cours dans une école catholique privée de haut standing. Elle et ses coreligionnaires portent des uniformes identiques.
On peut également la représenter le jour de la remise des diplômes à la fin du Lycée. Elle a 18-19 ans (un clin d'œil à la remise des diplômes vécue plus tard par son fils à la pl 10 du T2).

Seamus off : Je l'inscrivis dans les meilleures écoles, lui fis fréquenter les cercles les plus huppés de la côte Est.

Seamus off 2 : Ces années furent les plus belles de ma vie.

Case 7 : Catlynne fait du shopping avec une amie dans un quartier chic de Manhattan. Elles marchent sur le trottoir les bras chargés de paquets. Deux hommes essaient de la kidnapper.

Seamus off : Jusqu'à ce jour funeste où Lucio Govrio osa s'en prendre à elle pour une histoire de prébendes.

Case 8 : Intervention des hommes de main de Seamus. Ça défouraille. Les paquets volent. L'amie de Catlynne prend une balle mortelle. Idem pour les deux agresseurs et l'un des hommes de Seamus.
Pour cette scène, on peut mettre en place une case dynamique comme celle décrite ci-dessus ou arriver (en plongée) juste après l'affrontement avec les corps au sol et Catlynne blottie dans les bras de l'homme de main survivant de Seamus.
Ou les deux si il y a la place. A voir…

Seamus off : Heureusement, je la faisais suivre et mes hommes purent intervenir avant que l'irrémédiable ne soit commis.

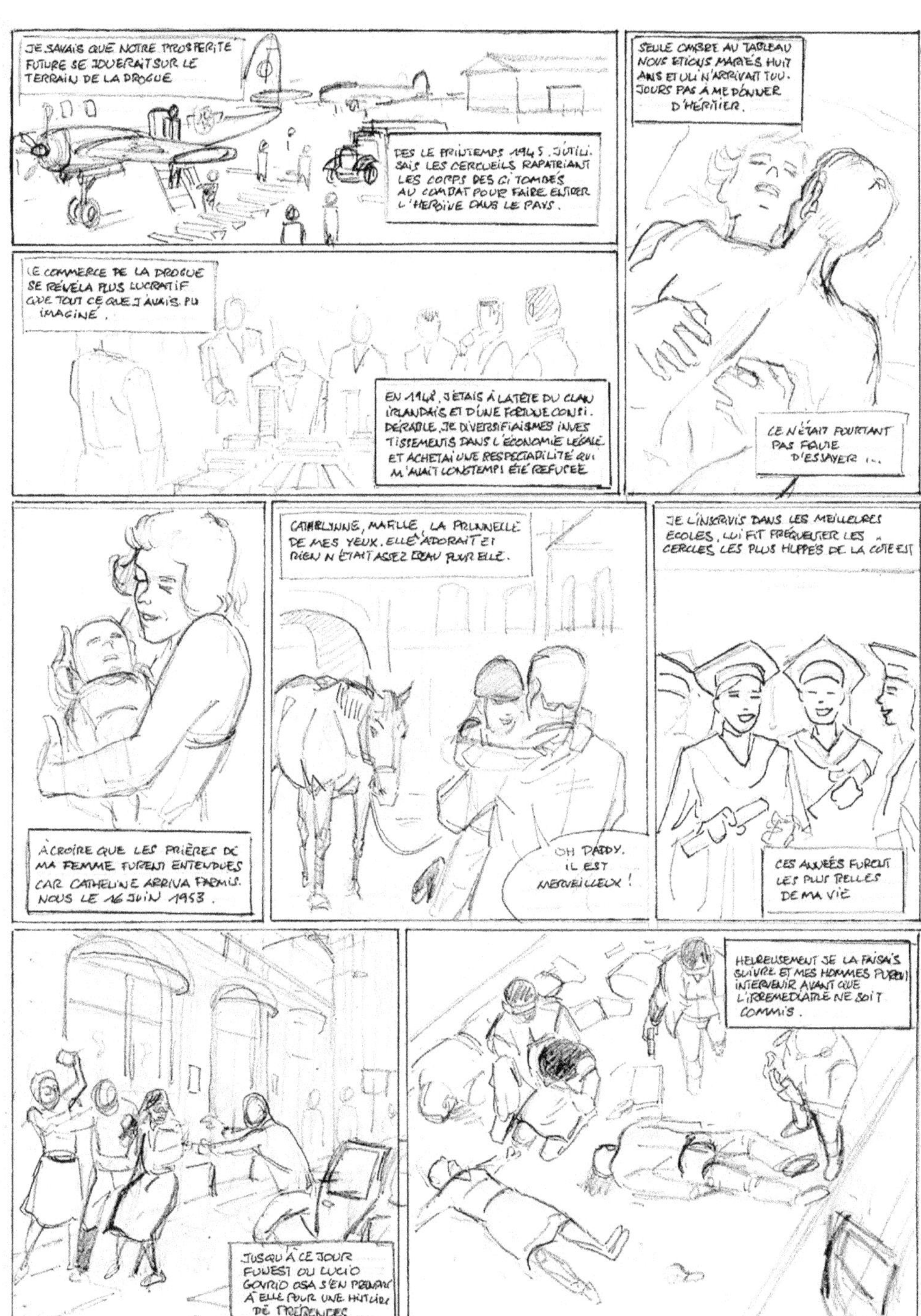
JE SAVAIS QUE NOTRE PROSPÉRITÉ FUTURE SE JOUERAIT SUR LE TERRAIN DE LA DROGUE
DÈS LE PRINTEMPS 1945, J'UTILISAIS LES CERCUEILS RAPATRIANT LES CORPS DES GI TOMBÉS AU COMBAT POUR FAIRE ENTRER L'HÉROÏNE DANS LE PAYS.
SEULE OMBRE AU TABLEAU NOUS ÉTIONS MARIÉS HUIT ANS ET ULI N'ARRIVAIT TOUJOURS PAS À ME DONNER D'HÉRITIER.
CE N'ÉTAIT POURTANT PAS FAUTE D'ESSAYER ...
LE COMMERCE DE LA DROGUE SE RÉVÉLA PLUS LUCRATIF QUE TOUT CE QUE J'AVAIS PU IMAGINÉ.
EN 1948, J'ÉTAIS À LA TÊTE DU CLAN IRLANDAIS ET D'UNE FORTUNE CONSIDÉRABLE, JE DIVERSIFIAISMES INVESTISSEMENTS DANS L'ÉCONOMIE LÉGALE ET ACHETAI UNE RESPECTABILITÉ QUI M'AVAIT LONGTEMPS ÉTÉ REFUSÉE
À CROIRE QUE LES PRIÈRES DE MA FEMME FURENT ENTENDUES CAR CATHELINE ARRIVA PARMIS NOUS LE 16 JUIN 1953.
CATHRLYNNE, MA FILLE, LA PRUNELLE DE MES YEUX. ELLE M'ADORAIT ET RIEN N'ÉTAIT ASSEZ BEAU POUR ELLE.
OH DADDY. IL EST MERVEILLEUX !
JE L'INSCRIVIS DANS LES MEILLEURES ÉCOLES, LUI FIT FRÉQUEUTER LES CERCLES LES PLUS HUPPÉS DE LA CÔTE EST
CES ANNÉES FURENT LES PLUS BELLES DE MA VIE
JUSQU'À CE JOUR FUNEST OU LUCIO GOVRIO OSA S'EN PRENDRE À ELLE POUR UNE HUTLIRI DE PRÉTENDES
HEUREUSEMENT JE LA FAISAIS SUIVRE ET MES HOMMES PURENT INTERVENIR AVANT QUE L'IRREMEDIABLE NE SOIT COMMIS.

STORY 26

Case 1 : Intérieur du bureau luxueux de Seamus. Plan américain de Catlynne dans les bras de son père (60 ans). Elle a un mouvement de recul, d'incompréhension.

Seamus off : Ce jour là, je la sauvai et la perdis à la fois...

Catlynne : La mafia ?! Mais Daddy, pourquoi ?...

Case 2 : En amorce au premier plan, Catlynne s'enfuit en pleurant. Derrière elle, son père tend un bras comme pour la retenir. Le garde du corps, blessé à une épaule, peut également être présent en retrait de Seamus.

Seamus off : Je dû lui avouer la face occulte de mes activités. Affaires que je lui avais soigneusement cachées pendant toute son enfance...

Seamus : **Catlynne !**

Seamus off 2 : Après, plus rien ne fut jamais comme avant...

Case 3 : Plan d'ensemble. C'est la rentrée sur le campus de Columbia University. Les érables flamboyants semblent guider les étudiants vers les vénérables bâtiments de l'institution. Catlynne apparaît les bras chargés de cours et de livres.

Seamus off : À la rentrée, elle intégra Columbia University afin de suivre un cursus en sciences politiques. Elle emménagea sur le campus et ne revint plus qu'épisodiquement à la maison.

Seamus off : Mais chacune de ses visites était source de conflits.

Case 4 : Plan général du salon de Seamus. Discussion très animée entre le père et la fille. Celle-ci est furieuse. Seamus peut pointer un index vindicatif sur Catlynne. Celle-ci, après plusieurs mois à la fac, a changé de look. Elle porte maintenant les vêtements de la contestation, un look « flower power » qui la rend encore plus belle.

Catlynne : Cette maison, tes voitures, les bijoux de maman, tout est faux ! Une imposture gagnée au prix des larmes et du sang de combien d'innocents ?!

Seamus : Tu ne t'es jamais plainte du confort que t'apportait cet argent.

Case 5 : Plan rapproché de Catlynne. Regard et rictus de dégoût envers elle même et envers son propre père.

Catlynne : Je... Je ne savais pas... Tu es un monstre !...

Case 6 : Gros plan de Seamus, songeur.

Seamus off : Je m'inquiétais pour elle...

Case 7 : Plan d'ensemble d'une manifestation anti-Vietnam et pro minorités. On retrouve Catlynne avec ses amis blacks, blancs et indiens. Des banderoles affichent les slogans : « End the war in Vietnam now », « Love not war », « Stop it ! », « We march together : catholic, jews, protestant », « Justice for all »... Au bras de Catlynne, on aperçoit Thomas Crow Dog pour la première fois.

Seamus off : Le campus, en cette année 1972, était un chaudron en ébullition et les étudiants de Sciences Po occupaient les premières places.

Seamus off 2 : Je demandai à mes hommes de ne pas la lâcher. Je sus ainsi qu'elle fréquentait des représentants des minorités ethniques qui militaient pour les droits civiques et la fin de la guerre au Vietnam.

Case 8 : Intérieur de la maison de Seamus. Un sapin décoré magnifiquement est dressé devant la cheminée où flambe une bûche. Catlynne sourit ; Uli et Seamus sont proches l'un de l'autre. La paix de Noël (avant la tempête) semble être descendue dans le salon des O'Connor.

Seamus off : Malgré leur surveillance rapprochée, mes hommes n'avaient pas décelé ce qu'elle nous annonça le soir de Noël de cette même année...

Catlynne : Papa et Maman, j'aimerais vous présenter bientôt un garçon...

CE JOUR LÀ, JE LA SAUVAI ET LA PERDAISÀ LA FOIS ...
LA MAFIA DADDY MAIS POURQUOI ?
JE DÛ LUI AVOUER LA FACE OCCULTE DE MES ACTIVITÉS. AFFAIRES QUE JE LUI AVAIS SOIGNEUSE-MENT CACHÉES PENDANT SON ENFANCE ...
CATLYNNE !
APRÈS PLUS RIEN NE FUT JAMAIS COMME AVANT ...
À LA RENTRÉE, ELLE INTÉGRA COLUMBIA UNIVERSITÉ AFIN DE SUIVRE UN CURSUS EN SCIENCE POLITIQUE. ELLE EM-MÉNAGEA SUR LE CAMPUS ET NE REVINS PLUS QU'ÉPISODIQUE-MENT À LA MAISON.
MAIS CHACUNE DE SES VISITES ÉTAIT SOURCE DE CONFLIT
CETTE MAISON, VOITURES, LES BIJOUX DE MAMAN, TOUT EST FAUX ! UNE IMPOSTURE GAGNÉE AU PRIX DES LARMES ET DU SANG DE COMBIEN D'INNOCENTS !
TU NE T'ES JAMAIS PLAINTE DU CONFORT QUE T'APPORTAIT CET ARGENT
JE M'INQUIÉTAI POUR ELLE ... LE CAMPUS, EN CETTE ANNÉE 1972, ÉTAIT UN CHAUDRON EN ÉBULLITION ET LES ÉTUDIANTS DE SCIENCE PO OCCUPAIENT LES PREMIÈRES PLACES
JE DEMANDAI À MES HOMMES DE NE PAS LA LÂCHER
NO WAR
STOP THE WAR NOW
JE SUS AINSI QU'ELLE FRÉ-QUENTAIS DES REPRÉSENTANTS DES MINORITÉS ETHNIQUES ET MILITAIENT POUR LES DROITS CIVI-QUES ET LA FIN DE LA GUERRE DU VIETNAM
JE... JE NE SAVAIS PAS... TU ES UN MONSTRE ! ...
MALGRÉ LEUR SURVEILLANCE RAPPROCHÉE, MES HOMMES N'AVAIENT PAS DÉCELÉ CE QU'ELLE NOUS ANNONÇA LE SOIR DE NOËL DE CETTE MÊME ANNÉE ...
PAPA ET MAMAN J'AIMERAIS VOUS PRÉTENTER BIENTÔT UN GARÇON ...
STORY 27

Case 1 : Plan américain de la mère et de la fille. Elles sont assises l'une à côté de l'autre dans le canapé, sur la pointe des fesses. Catlynne montre à sa mère le pendentif qu'elle porte autour du cou. Derrière, Seamus peut se servir un scotch, debout devant le bar.

Uli : Oh, ma chérie, c'est merveilleux ! Tu es amoureuse ?!

Catlynne : Oui, et nous voulons nous marier. Regarde, c'est lui sur mon pendentif !

Case 2 : Plan rapproché sur le pendentif à fermoir. Il est ouvert sur une photo type photomaton de Catlynne et Thomas. Celui-ci a les cheveux longs à la mode des années soixante dix. Le pendentif est un bel objet ouvragé en perles, turquoises et épines de porc-épic. Il est en forme de fleur ; style mi-indien, mi-hippie. On ne sait pas si Uli parle du pendentif ou de Thomas.

Catlynne : Il l'a fabriqué et me l'a offert pour mon anniversaire.

Uli : Il est très joli. Comment s'appelle l'heureux élu ?

Catlynne : Thomas Crow Dog.

Case 3 : Uli regarde sa fille d'un air circonspect. Catlynne sourit.

Uli : Crow Dog ? Ce n'est pas très irlandais comme nom…

Catlynne : C'est un sioux oglala. De la réserve de Pine Ridge.

Case 4 : Gros plan sur le visage effrayé d'Uli. Elle peut avoir mis une main devant sa bouche.

Uli : Mon dieu, un indien !

Case 5 : Plan américain en contre plongée sur Seamus qui pointe son index et son verre de scotch vers Catlynne.

Seamus : Ma fille, il n'est pas question que tu épouses un peau-rouge. Et encore moins un peau-rouge communiste !

Case 6 : Plongée sur Catlynne toujours assise dans le canapé. Elle fronce les sourcils.

Catlynne : Comment sais-tu cela ? Tu nous fais suivre ?

Case 7 : Plan général du salon (plongée ?).

Seamus : Ce n'est pas nécessaire. J'ai quelques relations à Columbia University. Des relations qui me disent d'ailleurs le plus grand bien du jeune Dennis McElroy, l'un de tes coreligionnaires irlandais.

Catlynne : Papa, je t'en prie. Le temps des mariages arrangés est fini depuis longtemps.

Case 8 : Seamus a posé une fesse sur le dossier du canapé à côté/derrière sa femme (toujours assise dans le dit canapé). Il a également posé une main sur l'épaule d'Uli. Ils donnent ainsi une image classique et idyllique du couple américain auquel tout réussi – mais qui ne trompe personne.

Seamus : Et pourquoi pas ? Regarde ta mère et moi...

Catlynne hors cadre : Justement…

Case 9 : Plan américain de Catlynne.

Catlynne : Papa, j'aime Thomas et il m'aime.

Case 10 : Zoom. Très gros plan de Catlynne.

Catlynne : Je… J'attends un enfant de lui.

OH MA CHÉRIE C'EST MERVEILLEUX ! TU ES AMOUREUSE !?
OUI, ET NOUS VOULONS NOUS MARIER REGARDE C'EST LUI SUR MON PENDENTIF.
IL L'A FABRIQUÉ ET ME L'A OFFERT POUR MON ANNIVERSAIRE.
IL EST JOLI COMMENT S'APPELLE L'HEUREUX ÉLU ?
THOMAS CROW DOG
CROW DOG ? CE N'EST PAS TRÈS IRLANDAIS COMME NOM ...
C'EST UN SIOUX OGLALA DE LA RÉSERVE DE PINE RIDGE
MON DIEU UN INDIEN !
MA FILLE IL N'EST PAS QUESTION QUE TU ÉPOUSES UN PEAU-ROUGE ET ENCORE MOINS UN PEAU-ROUGE COMMUNISTE !
COMMENT SAIS-TU CELA ? TU NOUS FAIS SUIVRE ?
CE N'EST PAS NECESSAIRE J'AI QUELQUES RELATIONS À COLUMBIA UNIVERSITY, RELATION QUI ME DISENT LE PLUS GRAND BIEN DE DENNIS MAC ELROY UN DE TES CORRELIGIONNAIRES.
PAPA, JE T'EN PRIE. LE TEMPS DES MARIAGES ARRANGÉS EST FINI DEPUIS LONGTEMPS
ET POURQUOI PAS ? REGARDE TA MÈRE ET MOI ...
JUSTEMENT ...
PAPA J'AIME THOMAS ET IL M'AIME ...
JE ... J'ATTENDS UN ENFANT DE LUI ...
STORY 28

Case 1 : Plan moyen de Seamus. Colère froide. Il se contient mais on sent qu'il est prêt à exploser. Varier angle de vue avec celui de la c5 pl30. Uli, en alerte, s'est levée et se dirige vers son mari.	*Seamus* : Il est hors de question qu'un bâtard, un « papoose », entre dans la famille. J'ai d'autres ambitions pour toi ! *Uli* : Seamus, calme toi...
Case 2 : Plan américain de Seamus et Uli, de profil, face à face.	*Seamus* : Je vais appeler le docteur O'Bannon. C'est un fidèle qui saura tenir sa langue. *Uli* : Seamus, tu ne comptes tout de même pas provoquer un... un...
Case 3 : Plan rapproché de Seamus, exaspéré.	*Seamus* : Uli, épargne moi tes bondieuseries, s'il te plait !
Case 4 : Plan américain ou plan moyen de Seamus et Catlynne. La fille s'oppose au père.	*Catlynne* : Qui es-tu pour t'ériger en donneur de leçon, en Père-la-morale ? Je ne te reconnais plus aucune légitimité et t'interdis de t'immiscer dans ma vie !
Case 5 : Seamus arrache violement le pendentif de sa fille.	**Crack !**
Case 6 : Plan général du salon. Catlynne se tient le cou, les cheveux défaits. Uli, la main sur la bouche, en est muette de stupeur. Un garde du corps de Seamus est entré dans la pièce. Ou, alors, le garde du corps peut déjà « embarquer » Catlynne vers sa chambre.	*Seamus* : Je te rappelle que tu es encore mineure et que je suis le chef de cette famille. Un chef auquel tu dois respect et obéissance ! *Seamus 2* : Danny, boucle-la dans sa chambre !
Case 7 : Plan rapproché de Seamus.	*Seamus off* : C'est la dernière fois que je vis Catlynne.
Case 8 : Seamus, le médecin (et le garde du corps ? Uli ?) pénètre dans la chambre de Catlynne. Celle-ci est vide ; le rideau de la fenêtre flotte dans le vent et ouvre sur la nuit enneigée de Noël.	*Seamus off* : Lorsque le docteur O'Bannon arriva, ma fille s'était envolée...

IL EST HORS DE QUESTION QU'UN BATARD, UN "PAPOOSE" ENTRE DANS LA FAMILLE. J'AI D'AUTRES AMBITIONS POUR TOI !
SEAMUS, CALME TOI...
JE VAIS APPELER LE DOCTEUR O'BANNON C'EST UN FIDÈLE QUI SAURA TENIR SA LANGUE.
SEAMUS, TU NE COMPTES TOUT DE MÊME PAS PROVOQUER UN... UN...
ULI, ÉPARGNE-MOI TES BONDIEUSERIES S'IL TE PLAIT !
QUI ES-TU POUR T'ÉRIGER EN DONNEUR DE LEÇON, EN PÈRE LA MORALE ? JE NE RECONNAIS AUCUNE LÉGITIMITÉ ET T'INTERDIS DE T'IMMISCER DANS MA VIE !
JE TE RAPPELLE QUE TU ES ENCORE MINEURE ET QUE JE SUIS LE CHEF DE CETTE FAMILLE. UN CHEF AUQUEL TU DOIS RESPECT ET OBÉISSANCE !
CRACK
DANNY, BOUCLE-LA DANS SA CHAMBRE !
C'EST LA DERNIÈRE FOIS QUE JE VIS CATLYNN.
LORSQUE LE DOCTEUR ARRIVA, MA FILLE S'ÉTAIT ENVOLÉE...
STORY 29

Case 1 : Les hommes de main de Seamus enquêtent sur le campus. Ils interrogent de jeunes étudiantes amies de Catlynne.

Seamus off : J'activai aussitôt mon réseau et fis fouiller les lieux où elle aurait pu trouver refuge. En vain.

Une étudiante : Catlynne n'est pas revenue en cours après les vacances de Noël.

Case 2 : Plan du Doyen de University of Columbia dans son bureau, de face, en train de répondre au téléphone. Il échange avec Seamus. Le doyen tient la fiche de Thomas Crow Dog entre ses mains.

Seamus off : J'appelai le doyen de l'université et découvris que Thomas Crow Dog était un étudiant brillant inscrit à la *School of International and Public Affairs*.

Case 3 : Plan rapproché sur la fiche de Thomas Crow Dog tenue entre les mains du Doyen. On découvre plus précisément son visage par l'intermédiaire de la photo d'identité qui orne la fiche.

Le Doyen hors cadre : C'est aussi un activiste de *l'American Indian Movement*, un gauchiste qui milite pour la défense des intérêts indiens.

Case 4 : Plan américain de Seamus dans son bureau. Il vient de reposer le combiné et réfléchit, les mains jointes contre la bouche fermée, les coudes posés sur le bureau.

Seamus off : Lui aussi avait disparu. Il était fort probable que cet enfoiré avait entraîné ma fille sur la réserve et trouvé refuge auprès des siens.

Case 5 : Deux gars de Seamus sont devant la maison d'Emma (45 ans). Celle-ci, sur le pas de la porte, répond par la négative aux questions des cerbères.

Seamus off : J'envoyai mes gars enquêter sur place mais aucun de ces fichus peaux rouges ne lâcha le morceau.

Emma : Thomas n'est pas rentré sur la réserve depuis l'été dernier...

Case 6 : Plan d'ensemble de Wounded Knee sur la réserve de Pine Ridge. En Février 1973, c'était un lieu assez désertique, désolé, avec un comptoir, quelques bâtiments, un dispensaire et quatre églises. Un des bâtiments emblématiques que l'on retrouve sur de nombreuses photos des évènements de l'époque est d'ailleurs l'église catholique. Il pourrait donc être intéressant de dessiner celle-ci sur cette case (cf. Google images ou *Les voix de Wounded Knee,* une pièce de collection, un bouquin écrit par les protagonistes indiens du soulèvement de 73 que j'ai en ma possession - voir aussi le film *Lakota Woman, siège à Wounded Knee* visible sur You Tube et adapté du livre.)

Seamus off : Ce n'est que deux mois plus tard que nous eûmes confirmation qu'ils étaient bien sur la réserve de Pine Ridge.

Seamus off 2 : Le 27 Février 1973, toutes les caméras du pays se braquèrent sur le village sioux de Wounded Knee, South Dakota.

Case 7 : Plan d'ensemble de nombreux indiens armés devant le comptoir de Wounded Knee.

Seamus off : Deux à trois cent indiens armés occupaient le comptoir d'échanges et avaient pris onze personnes en otages.

Case 8 : Plan rapproché de Thomas et Catlynne vus au travers d'un écran de télévision noir et blanc de l'époque. Ils brandissent des armes.

Seamus off : Thomas Crow Dog et Catlynne étaient parmi eux.

J'ACTIVAI AUSSITÔT MON RÉSEAU ET FIS FOUILLER LES LIEUX OÙ ELLE AURAIT PU TROUVER REFUGE. EN VAIN.
CATLYNNE N'EST PAS REVENUE EN COURS APRÈS LES VACANCES DE NOËL.
J'APPELAI LE DOYEN DE L'UNIVERSITÉ ET DÉCOUVRIS QUE THOMAS CROW DOG ÉTAIT UN ÉTUDIANT BRILLANT INSCRIT À LA SCHOOL OF NTERNATIONAL AND PUBLIC AFFAIRS.
C'EST AUSSI UN ACTIVISTE DE L'AMERICAN INDIAN MOVEMENT, UN GAUCHISTE QUI MILITE POUR LA DÉFENSE DES INTÉRÊTS INDIENS.
Crow Dog
Forname : Thomas
LUI AUSSI AVAIT DISPARU. IL ÉTAIT FORT PROBABLE QUE CET ENFOIRÉ AVAIT ENTRAÎNÉ MA FILLE SUR LA RÉSERVE ET TROUVÉ REFUGE AUPRÈS DES SIENS.
J'ENVOYAI MES GARS ENQUÊTER SUR PLACE MAIS AUCUN DE CES FICHUS PEAUX ROUGES NE LÂCHA LE MORCEAU.
THOMAS N'EST PAS RENTRÉ SUR LA RÉSERVE DEPUIS L'ÉTÉ DERNIER...
CE N'EST QUE DEUX MOIS PLUS TARD QUE NOUS EÛMES CONFIRMATION QU'ILS ÉTAIENT BIEN SUR LA RÉSERVE DE PINE RIDGE.
LE 27 FÉVRIER 1973, TOUTES LES CAMÉRAS DU PAYS SE BRAQUÈRENT SUR LE VILLAGE SIOUX DE WOUNDED KNEE, SOUTH DAKOTA.
DEUX À TROIS CENT INDIENS ARMÉS OCCUPAIENT LE COMPTOIR D'ÉCHANGES ET AVAIENT PRIS ONZE PERSONNES EN OTAGES.
THOMAS CROW DOG ET CATLYNNE ÉTAIENT PARMI EUX.

Case 1 : Plan américain de leaders indiens de l'AIM qui animent une réunion dans une salle communautaire. Thomas tient le micro. Catlynne est à ses côtés. La salle est comble.

Seamus off : Ils réclamaient justice pour de soi-disantes exactions commises par un chef tribal corrompu.

Thomas : Nous étions une nation bien avant l'arrivée de l'homme blanc. Nous avions nos lois, notre religion, notre langue. Tout ce que nous faisons, c'est de rappeler ceci au chef Wilson et au gouvernement.

Case 2 : Plan d'ensemble. Des blindés APC ont pris position et forment un barrage afin de bloquer l'un des accès au village.

Seamus off : Aussitôt le FBI envoya la grosse cavalerie. En quelques heures, plus de deux miles agents fédéraux et représentants du BIA(1) cernèrent la ville et organisèrent un blocus avec blindés et mitrailleuses.

(1)Bureau of Indian affairs

Case 3 : Plan de jeunes indiens qui approvisionnent les combattants assiégés en transportant de gros sacs de nourriture sur leurs chevaux au galop (cf. *Les voix de Wounded Knee*).

Seamus off : Mais les indiens s'organisèrent et le conflit s'enlisa, chacun campant sur ses positions.

Seamus off 2 : Mes contacts me tenaient informé de la situation au jour le jour.

Case 4 : Plan de Thomas et Catlynne qui se marient devant un sage de la communauté indienne (cf. *Les voix de Wounded Knee*).

Seamus off : J'appris ainsi que Catlynne avait épousé Thomas Crow Dog selon les rites indiens.

Case 5 : Marche de protestation en soutien aux indiens encerclés de Wounded Knee. Cette marche pacifique est arrêtée à l'entrée du village par un barrage d'agents du FBI armés (cf. *Les voix de Wounded Knee*).

Seamus off : Fin Mars, la tension monta subitement. Les sioux, soutenus par les médias et les pacifistes de tous poils, proclamèrent l'indépendance de leur nation.

Case 6 : Plan moyen. Des guerriers indiens, fusils sur la hanche, ont arrêtés des agents du FBI. Ces derniers sont alignés de l'autre coté de la route, mains sur la tête (cf. *Les voix de Wounded Knee*).

Seamus off : Je craignais que le conflit ne dégénère et que le FBI emploie des moyens qui mettraient la vie de Catlynne en danger.

Case 7 : Plan moyen d'un agent du FBI en position de tir, fusil à lunette sur l'épaule (cf. *Les voix de Wounded Knee*).

Seamus off : Le 26 Mars, quatre agents du FBI infiltrés furent pris par les indiens. Des fusillades s'échangèrent. Un Marshall et deux indiens furent blessés dont Thomas Crow Dog qui succomba rapidement à ses blessures.

Case 8 : Gros plan de Lance qui gueule.

Lance : **Vous mentez !**

ILS RÉCLAMAIENT JUSTICE POUR DE SOI-DISANTES EXACTIONS COMMISES PAR UN CHEF TRIBAL CORROMPU.
NOUS ÉTIONS UNE NATION BIEN AVANT L'ARRIVÉE DE L'HOMME BLANC. NOUS AVIONS NOS LOIS, NOTRE RELIGION, NOTRE LANGUE. TOUT CE QUE NOUS FAISONS, C'EST DE RAPPELER CECI AU CHEF WILSON ET AU GOUVERNEMENT.
AUSSITÔT LE FBI ENVOYA LA GROSSE CAVALERIE. EN QUELQUES HEURES, PLUS DE DEUX MILLE AGENTS FÉDÉRAUX ET REPRÉSENTANTS DU BIA[1] CERNÈRENT LA VILLE ET ORGANISÈRENT UN BLOCUS AVEC BLINDÉS ET MITRAILLEUSES.
1 BUREAU OF INDIAN AFFAIRS
MAIS LES INDIENS S'ORGANISÈRENT ET LE CONFLIT S'ENLISA, CHACUN CAMPANT SUR SES POSITIONS.
MES CONTACTS ME TENAIENT INFORMÉ DE LA SITUATION AU JOUR LE JOUR.
J'APPRIS AINSI QUE CATLYNNE AVAIT ÉPOUSÉ THOMAS CROW DOG SELON LES RITES INDIENS.
WOUNDE
KNEE
FIN MARS, LA TENSION MONTA SUBITEMENT. LES SIOUX, SOUTENUS PAR LES MÉDIAS ET LES PACIFISTES DE TOUS POILS, PROCLAMÈRENT L'INDÉPENDANCE DE LEUR NATION.
JE CRAIGNAIS QUE LE CONFLIT NE DÉGÉNÈRE ET QUE LE FBI EMPLOIE DES MOYENS QUI METTRAIENT LA VIE DE CATLYNNE EN DANGER.
LE 26 MARS, QUATRE AGENTS DU FBI INFILTRÉS FURENT PRIS PAR LES INDIENS. DES FUSILLADES S'ÉCHANGÈRENT. UN MARSHALL ET DEUX INDIENS FURENT BLESSÉS DONT THOMAS CROW DOG QUI SUCCOMBA RAPIDEMENT À SES BLESSURES.
VOUS MENTEZ !
LCD6 P31

Case 1 : Plan général. Retour en plongée dans la chambre de Seamus. Lance a pété un câble et saisi son grand-père par le colback. Le moniteur de surveillance cardiaque se met à bipper. Doña Luisa, le manuscrit toujours à la main, se précipite pour arrêter Lance. Helen s'est mise debout mais reste comme pétrifiée.

Lance : **Emma**[1] **soutient que vous avez soudoyé des miliciens indiens alliés au FBI ! Des félons qui ont assassiné mon père sur votre ordre !**

Moniteur : **Bip ! Bip !**

Doña Luisa : **Arrêtez !!** Son rythme cardiaque s'accélère !

(1)Emma Crow Dog. Grand-mère de Lance (cf tome 2)

Case 2 : Plan rapproché de Seamus qui déguste. Il a du mal à s'exprimer, à reprendre son souffle, limite à l'article de la mort. A côté, Doña Luisa, vérifie certaines valeurs sur la console informatique tout en appuyant sur un bouton d'appel d'urgence.

Seamus : Mon garçon... J'ai fait dans ma vie nombre de choses dont je ne suis pas fier... Mais je te jure... Sur la tête de ta mère... Que je n'ai jamais donné un tel ordre...

Doña Luisa hors cadre : Agent Crow Dog, je vais vous demander de sortir !

Case 3 : Doña Luisa, en amorce au premier plan, se retourne vers la porte de la chambre d'où vient de pénétrer un médecin équipé de sa trousse de secours d'urgence. Lance et Helen ont également pivoté vers le nouvel entrant.

Doña Luisa : **Docteur Hernandez, vite, on le perd !**

Case 4 : Extérieur de la chambre, dans le couloir du patio. Helen et Lance sont assis sur un banc, à côté de la porte de la chambre de Seamus. Ils sont sous la garde de un ou deux hommes armés de Seamus.

Case 5 : Plan rapproché de Lance et Helen. Ils communiquent tout bas de façon à ce que les gardes ne comprennent pas ce qu'ils disent.

Lance : Il faut trouver un moyen de leur fausser compagnie...

Lance 2 : Adsila est sûrement quelque part dans cette maison.

Helen : Je ne pense pas qu'elle soit en danger tant que tu écoutes l'histoire de ton grand-père...

Case 6 : Plan rapproché de Lance, de profil. Regard froid. Il fixe un point invisible droit devant lui. Helen apparaît à l'arrière plan.

Lance : Pour moi, cet homme est un inconnu... J'en ai assez entendu...

Case 7 : Contre champ. Helen est pensive.

Helen : Il n'est pas le genre d'homme à enlever une innocente pour organiser une réunion de famille... Je ne sais pas ce qu'il manigance mais il a besoin de toi.

Case 8 : Plan rapproché d'Helen. Elle regarde Lance (hors cadre).

Helen : Il serait intéressant de savoir ce qu'il en est exactement. Sans parler du fait qu'il est important que tu saches ce qu'il a à dire sur tes parents.

Lance hors cadre : Il ment...

Case 9 : Zoom arrière. Lance regarde Helen qui regarde droit devant elle. Lance est étonné par sa dernière réplique.

Helen hors cadre : Peut-être... Si tu ne le fais pas pour toi fais-le pour tes enfants...

Lance : ?

Toubib hors cadre : Agent crow Dog ?

Case 10 : Le médecin ressort de la pièce avec sa mallette. C'est le genre toubib latino débonnaire.

Le toubib : Ce n'est pas aujourd'hui qu'*El Viejo* cassera sa pipe. Il vous réclame.

EMMA SOUTIENT QUE VOUS AVEZ SOUDOYÉ DES MILICIENS INDIENS ALLIÉS AU FBI, DES FÉLONS QUI ONT ASSASSINÉ MON PÈRE SUR VOTRE ORDRE.
ARRÊTEZ ! SON RYTHME CARDIAQUE S'ACCÉLÈRE.
BIP BIP BIP
MON GARÇON ... J'AI FAIT DANS MA VIE NOMBRE DE CHOSE DONT JE NE SUIS PAS FIER ... MAIS JE TE JURE ... SUR LA TÊTE DE MA MÈRE ... QUE JE N'AI JAMAIS DONNÉ UN TEL ORDRE
AGENT CROW DOG. JE VAIS VOUS DEMANDER DE SORTIR !
DOCTEUR HERNANDEZ VITE, ON LE PERD !
IL FAUT TROUVER UN MOYEN DE LEUR FAUSSER COMPAGNIE
ADSILA EST CERTAINEMENT QUELQUE PART DANS CETTE MAISON. JE NE PENSE PAS QU'ELLE SOIT EN DANGER TANT QUE TU ÉCOUTES L'HISTOIRE DE TON GRAND-PÈRE
POUR MOI CET HOMME EST UN INCONNU ... J'EN AI ASSEZ ENTENDU ...
IL N'EST PAS LE GENRE D'HOMME À ENLEVER UNE INNOCENTE POUR ORGANISER UNE RÉUNION DE FAMILLE ... JE NE SAIS PAS CE QU'IL MANIGANCE MAIS IL A BESOIN DE TOI.
IL SERAIT INTÉRESSANT DE SAVOIR CE QU'IL EN EST EXACTEMENT. SANS PARLER DU FAIT QU'IL EST IMPORTANT QUE TU SACHES CE QU'IL A À DIRE SUR TES PARENTS.
IL MENT ...
PEUT-ÊTRE ... SI TU NE LE FAIS PAS POUR TOI FAIS LE POUR TES ENFANTS
?
AGENT CROW DOG !
CE N'EST PAS AUJOURD'HUI QU'EL VIEJO CASSERA SA PIPE IL VOUS RÉCLAME.
STORY 32

Case 1 : Lance et Helen reviennent dans la chambre de Seamus. Doña Luisa est à son chevet. Elle échange avec le vieux O'connor qui la rabroue méchamment.

Doña Luisa : Nous en étions à la mort de Thomas Crow Dog...

Seamus : Je sais ! Ecartez-vous, je terminerai !

Case 2 : Plan rapproché de Dona Luisa. Sous la soumission apparente pointe une étincelle de haine (pas simple à dessiner...)

Doña Luisa: Comme Monsieur voudra... *(Facultatif, si dessin suffisant)*

Case 3 : Seamus, en amorce au premier plan, s'est tourné vers Lance et Helen. Les deux agents du FBI sont à nouveau près du lit du vieil homme.

Seamus : Après la mort de Thomas Crow Dog, j'ai voulu récupérer ma fille. Mais la lutte de ces indiens était devenue le combat de tous les opprimés. Sa médiatisation rendait impossible toute tentative de corruption des agents du FBI.

Seamus 2 : Le village assiégé de Wounded Knee était devenu une forteresse inaccessible.

Case 4 : Plan rapproché du vieil homme de face. Il se souvient.

Seamus : J'ai donc pris mon mal en patience...

Case 5 : Plan général. Reddition. Certains guerriers marchent, enchaînés, vers un bus où sont entassés les résistants de Wonuded Knee (cf. *Les voix de Wounded Knee*).

Seamus off : Soixante et onze jours après le début des évènements, les sioux rendirent les armes et mes hommes purent pénétrer dans le village.

Case 6 : Plan d'un homme de main de Seamus en train de téléphoner à son patron depuis une cabine téléphonique située sur la réserve. Son collègue est également présent, en train de fumer une clope, légèrement en retrait (tout le monde fumait dans les années soixante dix).

Seamus off : Le 7 Mai au matin, ils m'apprirent que ma fille, faute de soins et de matériels appropriés, était décédée une semaine plus tôt en mettant au monde son enfant.

Homme de Seamus : Je suis désolé, Monsieur... Que voulez-vous que nous fassions de l'enfant ?

Case 7 : Plan de Seamus, fou de rage et de douleur qui envoie valser son téléphone et tout ce qui traine sur son bureau.

Seamus off : Peu m'importait cet enfant. La douleur de la perte de Catlynne occultait tout.

Seamus : **NOONN !!!**

Case 8 : Gros plan de Lance. Il n'écoute plus Seamus. La mention de la mort de sa mère vient de réveiller les souvenirs du récit que lui fit sa grand-mère lorsqu'il était enfant.

Seamus hors cadre : Notre monde bascula...

NOUS EN ETIONS À LA MORT DE THOMAS CROW DOG ...
JE SAIS ÉCARTEZ-VOUS, JE TERMINERAI
COMME MONSIEUR VOUDRA
APRÈS LA MORT DE THOMAS CROW DOG J'AI VOULU RÉCUPÉRER MA FILLE MAIS LA LUTTE DE CES INDIENS ÉTAIT DEVENUE LE COMBAT DE TOUS LES OPPRIMÉS. SA MÉDIATISATION RENDANT IMPOSSIBLE TOUTE INITIATIVE DE CORRUPTION DES AGENTS DU FBI.
LE VILLAGE DE WOUNDED KNEE ÉTAIT DEVENU UNE FORTERESSE INACCESSIBLE
J'AI DONC PRIS MON MAL EN PATIENCE ...
JE SUIS DÉSOLÉ MONSIEUR... QUE VOULEZ-VOUS QUE NOUS FASSIONS DE L'ENFANT ?
PINE RID
SOIXANTE ET ONZE JOURS APRÈS LE DÉBUT DES ÉVÉNEMENTS, LES SIOUX RENDIRENT LES ARMES ET MES HOMMES PURENT PÉNÉTRER DANS LE VILLAGE
LE 7 MAI AU MATIN, ILS M'APPRIRENT QUE MA FILLE, FAUTE DE SOINS ET MATÉRIEL APPROPRIÉS, ÉTAIT DÉCÉDÉE UNE SEMAINE PLUS TÔT EN METTANT AU MONDE SON ENFANT
PEU IMPORTAIT CET ENFANT LA DOULEUR DE LA PERTE DE CATLYNNE OCCULTAIT TOUT
NOON !!
STORY 33

Case 1 : Flash back. Plan rapproché sur un bébé juste sorti du ventre de sa mère. Il est dans les mains gantées d'une sage femme. Le cordon est encore accroché au nombril. Il lance son premier cri. C'est un garçon.

Case 2 : Plan de Emma (55 ans) et de Lance (6-7 ans). Ils sont sont assis l'un à côté de l'autre dans le canapé de la modeste maison d'Emma (cf.T2). Ils regardent un film ou un documentaire à la télévision (qui peut être au premier plan). Le petit Lance tient une figurine de superman dans sa main.

Le petit Lance : Grand-mère, c'est quoi un bébé prématuré ?

Emma : C'est un bébé qui est né trop tôt. Comme toi, mon garçon…

Case 3 : Le petit Lance vient de lever le regard vers sa grand mère (qui peut être en amorce de ¾ au pemier plan). Elle peut avoir posé une main tendre sur la joue du petit.

Lance : Quand j'ai tué Maman ?

Emma : Non, mon Lance, tu n'as pas tué ta maman…

Case 4 : Contre champ. Le regard d'Emma se perd au loin. Elle se souvient.

Emma : Ce sont les balles du FBI qui ont tué Catlynne…

Lance : Raconte encore…

Case 5 : Flash back dans le flash back. Wounded Knee 1973. Des guerriers sioux armés pénétrent dans la grande salle de la maison communautaire du village. Panique. Ils portent le corps ensanglanté de Thomas Crow Dog. Il a été abattu par balles. En pleine tête.

Voix d'Emma off : Nous préparions le repas dans la salle commune lorsque nos frères ont amené le corps de ton Papa…

Case 6 : Plan américain d'Emma (45 ans) et de Catlynne (20 ans et enceinte de 7 mois) qui, tétanisées, viennent de se tourner vers les nouveaux arrivants.

Voix d'Emma off : La balle avait traversé le crâne de Thomas... Le tueur avait tiré pour tuer…

Case 7 : Scène déchirante. Catlynne s'est jetée sur le corps de Thomas posé à même la table de la cuisine.

Voix d'Emma off 1 : Ce fut affreux. Les chants de deuil s'élevaient mais je n'entendais que les hurlements de Catlynne.

Voix d'Emma off 2 : Elle s'accrochait au corps de Thomas comme si elle pouvait le ramener à la vie par la seule force de son amour.

Catlynne : **NOONN !!**

Case 8 : Gros plan sur le visage baigné de larmes de Catlynne. Elle est subitement saisie d'effroi.

Voix d'Emma off : Tout à coup, elle s'est tût…

Case 9 : Plongée sur les pieds de Catlynne. La poche des eaux a cédé.

Voix d'Emma off : Tu arrivais avec deux mois d'avance…

GRAND MÈRE C'EST QUOI UN BEBE PRÉMATURE ?
C'EST UN BEBE QUI EST NE TROP TÔT COMME TOI MON GARCON
QUAND J'AI TUÉ MAMAN ?
NON, NON LANCE TU N'AS PAS TUE MAMAN ...
CE SONT LES BALLES DU FBI QUI ONT TUE CATLYNNE ...
RACONTE ENCORE ...
NOUS PRÉPARIONS LE REPAS DANS LA SALLE COMMUNE LORSQUE NOS FRERES ONT AMENÉ LE CORPS DE TON PAPA ...
LA BALLE AVAIT TRAVERSÉ LE CRÂNE DE THOMAS ... LE TUEUR AVAIT TIRE POUR TUER ...
CE FUT AFFREUX. LES CHANTS DE DEUIL S'ÉLEVAIENT MAIS JE N'ENTENDAIS QUE LES HURLEMENTS DE CATLYNNE.
NOOOONNN!!
ELLE S'ACCROCHAIT AU CORPS DE THOMAS COMME SI ELLE POUVAIT LE RAMENER À LA VIE PAR LA SEULE FORCE DE SON AMOUR.
TOUT À COUP ELLE SE TÛT ...
TU ARRIVAIS AVEC DEUX MOIS D'AVANCE ...
STORY 34.

Case 1 : Catlynne est en train d'accoucher. Les femmes s'affairent autour d'elle, Emma, aux commandes, est en action entre les jambes de la jeune femme.

Voix Emma off : Nous avons enlevé le corps de Thomas et couché Catlynne sur la table de la cuisine.

Voix Emma off 2 : Tu étais si pressé de montrer le bout de ton nez que quinze minutes après le début du travail tu étais dans mes bras.

Case 2 : Lance repose, paisible, entre les bras de sa grand-mère-sage-femme fière et attendrie.

Voix Emma off : Les choses ne se passèrent pas aussi bien pour Catlynne. Elle fit une hémorragie.

Case 3 : Deux indiens transportent Catlynne sur une civière et s'apprêtent à pénétrer dans le petit dispensaire du village.

Voix Emma off 2 : Nous la conduisîmes à l'hôpital de Wounded Knee, un dispensaire qui manquait de tout depuis le début du siège.

Case 4 : Plan de Catlynne allongée dans un lit de draps blancs du dispensaire. Elle est d'une pâleur effrayante.

Voix Emma off : Catlynne était d'une faiblesse effrayante. Nous avons voulu entrer en contact avec le FBI afin que l'hôpital de Rapid City nous envoie une ambulance.

Voix Emma off 2 : Elle refusa. Elle disait que sa place était parmi nous, qu'elle voulait rester solidaire de ses frères sioux assiégés.

Case 5 : Plan d'Emma (45 ans) au chevet de Catlynne mourante. Compatissante, elle tient la main de la jeune fille. Des larmes coulent sur le visage d'Emma qui pleure la mort de son fils et, bientôt, celle de sa belle-fille.

Voix Emma off : Je crois surtout que son chagrin était tel qu'elle n'avait pas la force de continuer sans Thomas...

Case 6 : Plan rapproché de Catlynne. Elle peut fermer les yeux, seraine (elle va rejoindre Thomas) ou afficher un pâle sourire (lui aussi emprunt de sérénité). Elle part apaisée.

Voix Emma off : Elle refusa les médicaments et n'accepta que les médecines et chants indiens...

Case 7 : Fin du flash back dans le flash back. Retrour dans le salon d'Emma. Le petit Lance est dans les bras de sa grand-mère, perdue dans ses souvenirs. Il est pendu à ses lèvres. Des larmes coulent sur les joues du garçon.

Emma : Son agonie dura cinq jours...

Case 8 : Emma essuie de la paume de la main les larmes qui ont coulé sur le visage du petit (qui tient son superman serré dans son poing).

Emma : Ne pleure pas mon garçon, tu n'y es pour rien. Ce jour maudit, la balle tirée sur ton père a tué deux personnes...

Lance : Grand-mère, j'aurais voulu avoir un super pouvoir pour grandir vite et que Maman me voit et m'aime assez pour rester...

Case 9 : Emma étreint en silence son petit fils dans ses bras.

Case 10 : Fin du flash back. Retour dans la chambre de Seamus. Gros plan de Lance. Il est ému par ce souvenir, presque au bord des larmes, comme le petit garçon qu'il fut autrefois. Son « absence » aura duré une fraction de seconde. On retrouve donc les derniers mots prononcés par Seamus.

Seamus hors cadre : Notre monde bascula...

NOUS AVONS ENLEVÉ LE CORPS DE THOMAS ET COUCHÉ CATLYNNE SUR LA TABLE DE LA CUISINE.
TU ÉTAIS SI PRESSÉ DE MONTRER LE BOUT DE TON NEZ QUE QUINZE MINUTES APRÈS LE DÉBUT DU TRAVAIL TU ÉTAIS DANS MES BRAS
LES CHOSES NE SE PASSÈRENT PAS SI BIEN POUR CATLYNNE ELLE FIT UNE HÉMORRAGIE
NOUS LA CONDUISÎMENT À L'HÔPITAL DE WOUNDED KNEE, UN DISPENSAIRE QUI MANQUAIT DE TOUT DEPUIS LE DÉBUT DU SIÈGE
CATLYNNE ÉTAIT D'UNE FAIBLESSE EFFRAIANTE. NOUS AVONS VOULU ENTRER EN CONTACT AVEC LE FBI AFIN QUE L'HÔPITAL DE RAPID CITY NOUS ENVOIE UNE AMBULANCE.
ELLE REFUSA. ELLE DISAIT QUE SA PLACE ÉTAIT PARMIS NOUS, QU'ELLE VOULAIT RESTER SOLIDAIRE DE SES FRÈRES SIOUX ASSIÉGÉS
JE CROIS SURTOUT QUE SON CHAGRIN ÉTAIT TEL QU'ELLE N'AVAIT PAS LA FORCE DE CONTINUER SANS THOMAS ...
ELLE REFUSA LES MÉDICAMENTS ET N'ACCEPTA QUE LES MÉDECINES ET CHANTS INDIENS ...
SON AGONIE DURA CINQ JOURS ...
NE PLEURE PAS MON GARÇON, TU N'Y ES POUR RIEN. CE JOUR MAUDIT, LA BALLE TIRÉE SUR TON PÈRE A TUÉ DEUX PERSONNES
GRAND-MÈRE, J'AURAIS VOULU AVOIR UN SUPER POUVOIR POUR GRANDIR VITE QUE MAMAN ME VOIT ET M'AIME ASSEZ POUR RESTER ...
NOTRE MONDE BASCULA ...
STORY 35

Case 1 : Retour dans la chambre de Seamus. On peut mettre en place un plan large.

Seamus : Ma femme me quitta, se réfugia dans l'alcool, et moi dans la violence. Comme si chacun devait payer pour la mort de Catlynne.

Seamus 2 : Je commis des imprudences. Mes exactions étaient si nombreuses que je devins la cible prioritaire de la DEA[1].

Seamus 3 : Je fus désavoué par la famille irlandaise et en 1980 je dus passer de l'autre côté de la frontière où mes appuis me mettaient à l'abri de toutes poursuites.
[1] *Drug Enforcement Administration créée par Nixon en 1973*

Case 2 : Plan de Seamus et de Lance.

Seamus : Depuis, je vis retiré des affaires. Même si la DEA soutient que j'ai un rôle de « consultant » auprès des cartels locaux.

Lance : Qu'attendez-vous de moi ?

Case 3 : Gros plan, de Seamus.

Seamus : J'attends que tu te comportes en O'Connor...

Case 4 : Plan rapproché de Lance. Regard glacial.

Lance : Je m'appelle Lance Crow Dog, fils de Thomas Crow Dog, élevé par Emma Crow Dog.

Case 5 : Retour sur Seamus qui d'un geste las de la main balaie dédaigneusement la remarque de Lance.

Seamus : Epargne-moi ton couplet indianiste. J'ai cru comprendre que, pour toi, les choses n'étaient pas aussi simples...

Case 6 : Plongée sur Seamus, Lance, Doña Luisa et Helen. On peut également mettre en place un plan extérieur de l'hacienda.

Seamus : Que tu le veuilles ou nom, mon sang coule dans tes veines. Du sang irlandais. Et je vais en avoir besoin.

Lance : Avoir besoin de mon sang ?

Seamus 2 : Précisément. Expliquez-lui, Doña Luisa.

Case 7 : Plan américain de Doña Luisa.

Doña Luisa : Une fois par an, Monsieur O'Connor effectue en personne un important virement bancaire lié à des engagements non négociables.

Case 8 : Plan américain d'Helen.

Doña Luisa hors cadre : Pour cela, il se rend dans un lieu sécurisé et valide la transaction financière à l'aide d'une clé particulière liée à son code génétique.

Case 9 : Plan américain de Lance.

Doña Luisa hors cadre : Un code généré à partir d'une goutte de son sang.

Case 10 : Retour sur Seamus. Il ferme les yeux. Il semble dormir.

Doña Luisa hors cadre : Mais, cette année, comme vous avez pu le constater, l'état de santé de Monsieur O'Connor lui interdit de se déplacer.

MA FEMME ME QUITTA, SE REFUGIA DANS L'ALCOOL, ET MOI DANS LA VIOLENCE, COMME SI CHACUN DEVAIT PAYER POUR LA MORT DE CATLYNNE.
JE COMMIS DES IMPRU-DENCES. MES EXACTIONS ÉTAIENT SI NOMBREUSES QUE JE DEVINS LA CIBLE PRIORI-TAIRES DE LA DEA *
JE FUS DÉSAVOUÉ PAR LA FAMILLE IRLANDAISE ET EN 1980 JE DUS PASSER AU MEXIQUE OÙ MES APPUIS ME METTRAIENT À L'ABRI DE TOUTES POURSUITES
DEPUIS, JE VIS RETIRÉ DES AFFAIRES. MÊME SI LA DEA SOUTIENT QUE J'AI UN RÔLE DE CONSULTANT AUPRÈS DES CARTELS LOCAUX.
QU'ATTENDEZ-VOUS DE MOI ?
J'ATTENDS QUE TU TE COMPORTES EN O'CONNOR.
JE M'APPELLE LANCE CROW DOG, FIS DE THOMAS CROW DOG, ÉLEVÉ PAR EMMA CROW DOG.
ÉPARGNE-MOI TON COUPLET INDIANISTE. J'AI CRU COMPREN-DRE QUE, POUR TOI, LES CHOSES N'ÉTAIENT PAS SI SIMPLES
...
QUE TU LE VEUILLES OU NON, MON SANG COULE DANS TES VEINES DU SANG IRLANDAIS ET JE VAIS EN AVOIR BESOIN.
AVOIR BESOIN DE MON SANG ?
PRÉCISÉMENT. EXPLIQUEZ-LUI DOÑA LUISA
UNE FOIS PAR AN, MONSIEUR O'CONNOR EFFECTUE EN PERSON-NE UN IMPORTANT VIREMENT BAN-CAIRE LIÉ À DES ENGAGEMENTS NON NÉGOCIABLES.
POUR CELA, IL SE REND DANS UN LIEU SÉCURISÉ ET VALIDE LA TRANSACTION FINANCIÈRE À L'AIDE D'UNE CLÉ PARTICULIÈRE LIÉE À SON CODE GÉNÉ-TIQUE
UN CODE GÉNÉRÉ À PARTIR D'UNE GOUTTE DE SON SANG.
MAIS CETTE ANNÉE COMME VOUS AVEZ PU LE CONSTATER, L'ÉTAT DE SANTÉ DE MONSIEUR O'CONNOR LUI INTERDIT DE SE DÉPLACER
STORY P.36.

LANCE CROW DOG 6 : *« Souviens-toi de Wounded Knee... »* **PLANCHE 37**

Scénario : Serge PERROTIN - *Story board* : Gaël SEJOURNE - *Dessin* : Jean-Marc ALLAIS

Case 1 : Plan moyen de Lance face à Doña Luisa.	*Doña Luisa* : Il aimerait donc que vous validiez la transaction en son nom à l'aide des éléments communs de votre code génétique.
	Lance : Pourquoi ne pas y allez vous-même avec un échantillon de son sang ?
Case 2 : Plan rapproché de Doña Luisa. Lance peut être de dos ou de ¾ dos au premier plan.	*Doña Luisa* : Parce que la clé sanguine n'est que la porte d'entrée. Encore faut-il que la somme convenue arrive à bon port.
Case 3 : Contre champ. Plan rapproché de Lance.	*Doña Luisa off* : Chaque année, les interlocuteurs de Monsieur O'Connor exigent qu'il garantisse sur sa vie le bon déroulement de l'opération.
Case 4 : Plan de Lance, Doña Luisa et Helen. La jeune femme peut être debout, à côté de son compagnon.	*Doña Luisa* : Malheureusement, l'incertitude pesant sur l'espérance de vie de votre grand-père leur semble maintenant une garantie insuffisante.
	Doña Luisa 2 : Monsieur O'Connor a donc proposé la médiation de son petit fils.
Case 5 : Plan large de Seamus dans son lit.	*Lance (cynique)* : Dont la vie lui importe peu...
	Seamus : Détrompe toi. Je n'ai aucun intérêt à ce que tu échoues. Car si la transaction n'est pas validée, ils te tueront et viendront ensuite me chercher.
	Seamus 2 : Et, aussi étonnant que celui puisse te paraître, je ne tiens pas à quitter ce monde prématurément.
	Seamus 3 : Mais rassure-toi, je suis toujours revenu sain et sauf de cette transaction. Il en sera de même pour toi.
Case 7 : Plan rapproché de Lance.	*Seamus hors cadre* : Une dernière chose. J'aimerais faire ensuite ce que je n'ai pas su faire en 73 : donner à Catlynne une sépulture en terre chrétienne.
Case 8 : Plan rapproché d'Helen qui jette un regard à Lance.	*Seamus hors cadre* : Lorsque tu en auras terminé, tu m'apporteras l'urne funéraire de ta mère. Je sais qu'elle est chez ta grand-mère indienne.
Case 9 : Plan général en plongée sur la chambre et le lit de Seamus. Deux hommes armés prennent position à l'intérieur de la chambre.	*Helen* : Quand aura lieu la prochaine transaction financière ?
	Seamus : Demain.
	Lance : Et si je refuse ?
Case 10 : Très gros plan de Seamus. Regard froid.	*Seamus* : Non seulement Adsila Studi mourra mais, en plus, je me verrai obliger de livrer ta jolie coéquipière à ses ravisseurs...

IL AIMERAIT DONC QUE VOUS VALIDIEZ LA TRANSACTION EN SON NOM À L'AIDE DES ÉLÉMENTS COMMUNS DE VOTRE CODE GÉNÉTIQUE.
POURQUOI NE PAS Y ALLER VOUS-MÊMES AVEC UN ÉCHANTILLON DE SANG ?
PARCE QUE LA CLÉ SANGUINE N'EST QUE LA PORTE D'ENTRÉE. ENCORE FAUT-IL QUE LA SOMME CONVENUE ARRIVE À BON PORT.
CHAQUE ANNÉE, LES INTERLOCUTEURS DE MONSIEUR O'CONNOR EXIGENT QU'IL GARANTISSENT SUR SA VIE LE BON DÉROULEMENT DE L'OPÉRATION.
MONSIEUR O'CONNOR A DONC PROPOSÉ LA MÉDIATION DE SON PETIT-FILS
DONT LA VIE LUI IMPORTE PEU ...
DÉTROMPE-TOI, JE N'AI AUCUN INTÉRÊT À CE QUE TU ÉCHOUES CAR SI LA TRANSACTION N'EST PAS VALIDÉE ILS TE TUERONT ET VIENDRONT ENSUITE ME CHERCHER
ET, AUSSI ÉTONNANT QUE CELA PUISSE TE PARAÎTRE, JE NE TIENS PAS À QUITTER CE MONDE PRÉMATURÉMENT.
MAIS RASSURE-TOI JE SUIS TOUJOURS REVENU SAIN ET SAUF DE CETTE TRANSACTION, IL EN SERA DE MÊME POUR TOI
UNE DERNIÈRE CHOSE. J'AIMERAIS FAIRE ENSUITE CE QUE JE N'AI PAS SU FAIRE EN 73 : DONNER À CATLYNNE UNE SÉPULTURE EN TERRE CHRÉTIENNE.
LORSQUE TU EN AURAS TERMINÉ, TU M'APPORTERAS L'URNE FUNÉRAIRE DE TA MÈRE ...
... JE SAIS QU'ELLE EST CHEZ TA GRAND-MÈRE INDIENNE
QUAND AURA LIEU LA PROCHAINE TRANSACTION FINANCIÈRE ?
DEMAIN
ET SI JE REFUSE ?
NON SEULEMENT ADSILA STUDI MOURRA, MAIS, EN PLUS, JE ME VERRAI OBLIGER DE LIVRER TA JOLIE COÉQUIPIÈRE À SES RAVISSEURS ...
STORY P37
V3

LANCE CROW DOG 6 : « *Souviens-toi de Wounded Knee...* » **PLANCHE 38**

Scénario : Serge PERROTIN - *Story board* : Gaël SEJOURNE - *Dessin* : Jean-Marc ALLAIS

Case 1 : Plan général de la pièce obscure de l'autre côté du miroir. Sur un plan posé sur tréteaux, ont été installés des écrans d'ordinateur, des claviers et des unités centrales high tech. De nombreux câbles courent à terre. Un américain obèse, profil type du geek négligé, pianote fébrilement d'une main sur un clavier. Chucho est assis à ses côtés. Machete est debout, de dos, derrière les deux hommes. Il regarde Adsila (que l'on ne voit pas) de l'autre côté du miroir.
Pour cette planche, initialement, j'avais installé la scène dans l'appartement du hacker... Puis, je me suis dit qu'il était peut-être préférable de ne pas multiplier les décors avec les ravisseurs. A voir...

Le geek : Vous êtes sûrs de l'heure et de la banque ?...

Chucho : Le petit fils du *Viejo* doit faire le virement demain, à 9H00, depuis une succursale de la Bancomex.

Machete : Tu vas y arriver, gringo ?

Case 2 : Plan américain du geek. Il peut siroter un coca king size avec une paille tout en pianotant sur son clavier

Le geek : Machete, tu me fais de la peine...

Le geek 2 : Ce switch est un jeu d'enfant pour *Big One*, le meilleur hacker au Nord du rio Grande. A condition, bien sûr, que votre numéro de compte et ses identifiants soient les bons...

Case 3 : Plan rapproché de Chucho, de profil au premier plan. Le geek apparaît au second plan.

Chucho : Ne t'inquiète pas pour ça, mon contact est on ne peut mieux informé...

Le geek : Alors, c'est comme si cet argent était déjà sur votre propre compte en banque.

Case 4 : Contre champ.

Chucho : Vaudrait mieux, *Big One*. Parce que je n'aimerais pas qu'il s'égare sur le tien...

Case 5 : Plongée sur la pièce. Machete regarde toujours de l'autre côté du miroir. Le geek et Chucho se regardent.

Le geek : On parle de combien, au fait ?

Chucho : Cinquante millions de dollars.

Le geek 2 : **Jesus !** Et vous me filez seulement un pour cent !?

Case 6 : Plan rapproché de Chucho qui appuie une lame de couteau sur un des seins du geek.

Chucho : Tu jures encore une fois en ma présence et Machete découpe tes airbags avec ce couteau.

Chucho 2 : 500000$, c'est plus que tu n'auras jamais avec toutes tes combines réunies.

Case 7 : Plan américain de Machete de dos, face au miroir.

Machete : Et l'indienne ?

Chucho hors cadre : Quoi, l'indienne ?

Case 8 : Intérieur de la cellule d'Adsila. Elle est toujours prostrée sur son lit. Varier cadrage avec ceux de la pl 08.

Machete off : On n'en n'aura plus besoin, demain...

Case 9 : Retour sur Chucho. Il sourit. Le genre de sourire qui fait froid dans le dos.

Chucho : Tu pourras en faire ce que tu veux. Ce sera ton petit bonus pour fêter notre succès.

VOUS ÊTES SÛR DE L'HEURE ET DE LA BANQUE ?
LE PETIT-FILS DU VIEJO DOIT FAIRE LE VIREMENT DEMAIN À 9H00 DEPUIS UNE SUCCURSALE DE LA BANCOMEX
MACHETE, TU ME FAIS DE LA PEINE !!, CE SWITCH EST UN JEU D'ENFANT POUR BIG ONE, LE MEILLEUR HACKER AU NORD DU RIO GRANDE, À CONDITION, BIEN SÛR, QUE VOTRE NUMÉRO DE COMPTE ET SES IDENTIFIANTS SOIENT BONS
TU VAS Y ARRIVER GRINGO ?
NE T'INQUIÈTE PAS POUR ÇA, MON CONTACT EST ON NE PEUT MIEUX INFORMÉ.
ALORS C'EST COMME SI L'ARGENT ÉTAIT DÉJÀ SUR VOTRE PROPRE COMPTE EN BANQUE
ON PARLE DE COMBIEN, AU FAIT ?
CINQUANTE MILLIONS DE DOLLARS
JESUS! ET VOUS ME FILEZ SEULEMENT UN POUR CENT !?
VAUDRAIT MIEUX BIG ONE. PARCE QUE JE N'AIMERAIS PAS QU'IL S'ÉGARE SUR LE TIEN
TU JURES ENCORE UNE FOIS EN MA PRÉSENCE ET JE DÉCOUPE TES AIRBAG AVEC CE COUTEAU
500 000 $!!
C'EST PLUS QUE TU N'AURAS JAMAIS AVEC TOUTES TES COMBINES RÉUNIES
ET L'INDIENNE ?
QUOI L'INDIENNE ?
ON N'EN N'AURA PLUS BESOIN, DEMAIN.
TU POURRAS EN FAIRE CE QUE TU VEUX. CE SERA TON PETIT BONUS POUR FÊTER NOTRE SUCCÈS.
STORY P38. V1

Case 1 : Doña Luisa, accompagnée de deux hommes armés, conduit Lance dans un couloir de l'hacienda jusqu'à la chambre où il va être enfermé pour la nuit.	*Doña Luisa* : Nous viendrons vous chercher demain, à 7H00.
Case 2 : Plan américain de Doña Luisa devant la porte de la chambre de Lance. Elle lui tend un livre relié pleine peau.	*Doña Luisa* : Tenez, il vous revient... *Lance* : ? *Doña Luisa* : C'est l'album de photos de Monsieur O'Connor...
Case 3 : Zoom sur Lance et Doña Luisa.	*Lance* : Je ne suis pas sûr qu'il apprécie cette marque de dévouement... *Doña Luisa* : Ce dévouement, comme vous dites, n'a jamais été un choix. Il m'a été imposé par votre grand-père le jour où je lui fus offerte. Je venais d'avoir 14 ans... *Doña Luisa 2* : Certains diraient que j'ai eu plus de chance que ces malheureuses qui disparaissent chaque jour dans ce pays... Je n'en suis pas sûre...
Case 4 : Intérieur de la chambre/cellule. La porte est refermée dans le dos de Lance. Il a ouvert le livre en cuir. Regard étonné.	*Lance* : ?
Case 5 : Gros plan sur le livre ouvert. Une photo de Seamus, Uli et Catlynne au temps du bonheur orne la première page. Catlynne n'a pas plus de dix-sept, dix-huit ans. Sur un coin de la photo, on a écrit hâtivement quelques mots au feutre : « *Adsila Studi est au Zoo bar* ».	*Helen hors cadre* : Lance, tu es là ?!
Case 6 : Lance, de dos ou de ¾ dos au premier plan, a ouvert la seule fenêtre de sa chambre. Ses deux mains sont accrochées aux solides barreaux en fer forgé qui en condamnent l'accès. Impossible de s'évader. Lance est bel et bien prisonnier.	*Lance* : Helen, tu vas bien ?!
Case 7 : « Caméra » à l'extérieur du bâtiment. Lance et Hélène occupent deux chambres voisines. Ils essaient de communiquer en se tordant le cou pour tenter de s'apercevoir. Leur main se touchent par leur bras tendu entre les barreaux. La photo de l'album passe d'une main à l'autre.	*Helen* : Oui, je suis dans la pièce d'à côté. Impossible de sortir. *Lance* : Doña Luisa vient de me transmettre ce message.
Case 8 : Zoom sur le visage d'Helen en train de lire les mots sur la photo.	*Helen* : Qu'est-ce que tu vas faire ?...
Case 9 : Gros plan de Lance.	*Lance* : Rien, tant que tu seras entre leurs mains. Mais une fois le virement effectué, il nous faudra agir. Et vite...
Case 10 : Très gros plan sur les yeux d'Helen.	*Helen* : Lance, prends garde à toi. Je n'ai pas confiance en cette femme...

NOUS VIENDRONS VOUS CHERCHER DEMAIN A 7H00
TENEZ, IL VOUS REVIENT
?
C'EST L'ALBUM PHOTOS DE MONSIEUR O'CONNOR ...
JE NE SUIS PAS SÛR QU'IL APPRECIE CETTE MARQUE DE DEVOUEMENT
CE DEVOUEMENT COMME VOUS DITES N'A JAMAIS ÉTÉ UN CHOIX. IL M'A ÉTÉ IMPOSÉ PAR VOTRE GRAND-PÈRE LE JOUR OÙ JE LUI FUS OFFERTE JE VENAIS D'AVOIR 14 ANS
CERTAINS DIRAIENT QUE J'AI EU PLUS DE CHANCE QUE CES MALHEUREUSES QUI DISPARAISSAIENT CHAQUE JOUR DANS CE PAYS ... JE N'EN SUIS PAS SÛR ...
LANCE, TU ES LÀ ?
?
Adila Studi est au Zoo Bar !
HELEN, TU VAS BIEN ?
OUI, JE SUIS DANS LA PIÈCE D'À CÔTÉ IMPOSSIBLE DE SORTIR
DONA LUISA VIENT DE ME TRANSMETTRE CE MESSAGE
QU'EST-CE QUE TU VAS FAIRE ?
Adila Studi est au Zoo Bar !
RIEN, TANT QUE TU SERAS ENTRE LEURS MAINS, MAIS UNE FOIS LE VIREMENT EFFECTUÉ IL NOUS FAUDRA AGIR. ET VITE ...
LANCE, PRENDS GARDE À TOI JE N'AI PAS CONFIANCE EN CETTE FEMME ...
STORY P39. V2

Case 1 : Lance, encadré par deux malabars à l'arrière d'une Audi A8 noire aux vitres teintées, roule en direction du centre ville de Ciudad Juarez.

Case 2 : Plan général en contre plongée. Lance s'extrait de l'Audi garée devant le bâtiment flambant neuf de la la Bancomex. Un cerbère lui tient la porte, tandis qu'un autre, aux aguets, est positionné sur le trottoir entre le véhicule et l'entrée de l'établissement bancaire. Un troisième porte flingue, assis à côté du chauffeur, sort également de l'Audi. Scène très « tarantinesque »…

Case 3 : Lance, encadré de ses deux « gardes du corps » se tient debout au milieu du hall d'accueil design de la banque. Un homme en costume bien coupé vient à sa rencontre et lui serre la main.

L'homme : Veuillez me suivre, Monsieur, O'Connor. Vos hommes attendront ici.

Case 4 : Gros plan de Lance. Regard noir. Il juge cependant inutile de reprendre l'homme sur son patronyme réel et son lien avec les cerbères.

Case 5 : L'homme précède Lance dans une salle dont la porte est gardée par deux hommes en noir. On aperçoit un opérateur devant un terminal informatique que désigne l'homme au costume.

L'homme : La transaction s'effectuera depuis ce terminal.

Lance : Vers quelle destination ?

L'homme : Désolé, seul votre grand-père peut répondre à cette question.

Case 6 : Plan de l'homme qui montre un petit boitier relié à l'ordinateur.

L'homme : veuillez insérer votre index dans ce boitier de liaison. Le prélèvement sanguin est indolore.

Case 7 : Gros plan de l'index de Lance inséré dans le boitier.

Case 8 : Plan de l'opérateur devant son écran qui commente la transaction tout en pianotant sur son clavier.

Opérateur : Eléments du code génétique validés. Virement en cours.

Case 9 : Gros plan sur l'écran du moniteur (incrustation dans la c8 ?).

Texte moniteur : *Transaction completed.*

Case 10 : Plan américain de l'homme qui serre à nouveau la main de Lance en souriant.

Le cadre : Félicitations, Monsieur O'Connor ! le virement est arrivé à bon port. Je suis heureux de vous rendre à vos proches.

BancoMEX
VOS HOMMES ATTEDRONS ICI ... VEUILLEZ ME SUIVRE MONSIEUR O'CONNOR
LA TRANSACTION S'EFFECTUERA DEPUIS CE TERMINAL
VERS QUELLE DESTINATION ?
DESOLE, SEUL VOTRE GRAND-PERE PEUT REPONDRE A CETTE QUESTION
VEUILLEZ INSERER VOTRE INDEX DANS LE BOITIER DE LIAISON, LE PRELÈVEMENT SANGUIN EST INDOLORE
ÉLÉMENTS DU CODE GENETIQUE VALIDÉS VIREMENT EN COURS.
TRANSACTION COMPLETED
FÉLICITATIONS MONSIEUR O'CONNOR LE VIREMENT EST ARRIVE A BON PORT JE SUIS HEUREUX DE VOUS RENDRE À VOS PROCHES
STORY P 40 V3

Case 1 : Plan d'ensemble. L'Audi A8 remonte à nouveau l'allée qui conduit à l'hacienda de Seamus. Varier angle de vue avec la c2 pl 19.

Case 2 : L'opérateur de la Bancomex fixe son écran. Il fronce les sourcils. Quelque chose ne va pas. L'homme qui a dirigé la transaction se tient derrière lui et fixe également l'écran du PC (les deux hommes sont face à la caméra).

Opérateur : Monsieur, il semblerait qu'il y ait un problème. L'argent est en train d'être aspiré du compte destinataire…

Case 3 : L'homme s'est retourné vers ses gorilles. Il donne un ordre bref qui ne souffre.

L'homme de la Bancomex : Ce salaud et l'enfoiré de *Viejo* sont en train de nous baiser ! Ramenez-les moi ! Mort ou vif !

Case 4 : Intérieur de l'Audi noire. Lance est assis sur le siège arrière, entre les deux malabars, perdu dans ses pensées. Il fixe la photo, entre ses mains, transmise par Doña Luisa.

Case 5 : Gros plan sur la photo et le visage de Catlynne. Seamus et Uli sont tronqués. Ce cadrage nous indique que l'attention de Lance est centrée sur sa mère seule (incrustation en c4 ?)

Case 6 : Plan rapproché sur un pneu de l'A8 qui explose bruyamment.

BLAM !

Case 7 : L'Audi quitte le chemin gravillonné et part en couille en zigzaguant sur la pelouse.

Voix du chauffeur en provenance de la voiture : **Piche puto !**

Case 8 : Plan rapproché d'un homme embusqué dans le jardin qui ajuste son tir à l'aide d'un fusil à lunette.

Case 9 : Plan rapproché sur un second pneu de l'Audi qui explose à son tour.

BLAM !

Case 10 : Plan rapproché de Lance qui gueule à en s'accrochant au siège.

Lance : **Attention !**

Case 11 : L'Audi vient s'encastrer violemment sur un palmier qui borde la piscine.

MONSIEUR, IL SEMBLERAIT QU'IL Y AIT UN PROBLÈME. L'ARGENT EST EN TRAIN D'ÊTRE ASPIRÉ DU COMPTE DESTINATAIRE ...
CE SALAUD ET L'ENFOIRÉ DE VIEJO SONT EN TRAIN DE NOUS BAISER ! RAMENEZ-LES MOI ! MORT OU VIF !
?
?
?
?
ATTENTION !!

STORY P41 -V2

Case 1 : Intérieur voiture. Le cerbère, à côté du chauffeur, sort son arme en jurant et en se tenant le front. Il pisse le sang. Le chauffeur est affalé sur le volant, inconscient (les airbags ne se sont pas déclenchés – un comble pour une voiture de ce prix☺).

Le cerbère à côté du chauffeur : **Coche de mierda ! Chinga tu madre !**

Case 2 : Plan général. Extérieur voiture. Le cerbère qui était à la place du mort s'extrait de la voiture et l'est maintenant pour de bon (mort). Gerbe de sang. Il se fait descendre en même temps que l'un de ses collègues, assis près de Lance, qui se fait faucher par une balle alors qu'il sort lui aussi de la voiture. Il lâche une rafale vers le ciel à l'aide de son fusil automatique.

Cerbère avant : **AHH !**

Tak ! Tak ! Tak !

Case 3 : Intérieur de la voiture. Lance balance un violent coup de coude dans la tronche du quatrième homme qui a dégainé à son tour. Le nez de celui-ci se brise net. L'arcade sourcilière de Lance s'est ouverte suite au choc contre le palmier.

Crack !

Le troisième homme : **AH !**

Case 4 : Extérieur de la voiture. Lance sort en levant les bras au ciel et en montrant ses mains désarmées.

Lance : **Agent Crow Dog, FBI !**

Case 5 : Ortega apparaît en ordonnant de cesser le feu. Il tient un revolver dans sa main droite et porte son bras gauche en écharpe. Quelques tireurs apparaissent, sortent de derrière les arbres et autres abris, progressent prudemment vers le véhicule fumant.

Ortega : **¡Alto al fuego! Es el americano!**

Case 6 : Plan américain. Lance et Ortega sont maintenant face à face.

Lance : Content de vous revoir, Ortega !

Ortega : La balle de l'hôtel Lucerna se logeait un millimètre plus bas et je n'étais pas là pour vous sauver la mise…

Case 7 : Lance se retourne vers l'Audi et les cadavres à terre qu'inspectent les flics mexicains.

Lance : Drôle de façon d'interpeller des suspects…

Ortega : Les hommes de Mandujano sont un peu primaires…

Case 8 : Plan moyen. Lance et Ortega, de dos, se dirigent au pas de course vers l'hacienda toute proche. Des camions de pompiers sont garés devant la bâtisse. Des pompiers sont en train de ranger leur matériel.

Ortega : Où étiez-vous ?

Lance : A la Bancomex. J'ai servi de sésame à une grosse valise de billets virtuels…

Ortega : ?

Ortega 2 : Vous m'expliquerez ça…

Lance 2 : Qu'est-ce qui se passe ici ? Comment avez-vous su ?

Case 9 : Les deux hommes escaladent à grandes enjambées les marches du perron d'entrée. Ortega, un peu à la traine, suit difficilement avec son bras en atèle.

Ortega : Votre collègue, *la rubia*[1], c'est une futée. Elle a créé un départ d'incendie dans sa cellule qui a déclenché l'alarme reliée à la caserne des pompiers.
[1]*la blonde*

Case 10 : Plan rapproché de Lance subitement inquiet.

Lance : Helen, où est-elle ?! Elle va bien ?

Ortega : N'ayez crainte, elle est en pleine forme. Elle est au chevet de votre Grand-père…

COCHE DE MIERDA !
CHINGA TU MADR... HA !
?
TCHAC !
HA !
TCHAC !
BAC !
HAN !
AGENT CROW DOG FIB !
ALTA AL FUEGO ! ES EL AMERICANO
CONTENT DE VOUS VOIR ORTEGA !
LA BALLE DE L'HÔTEL LUCERNA SE LOGEAIT UN POIL PLUS BAS E JE N'ÉTAIS PAS LÀ POUR VOUS SAUVER LA VIE
DRÔLE DE FAÇON D'INTERPELER DES SUSPECTS ...
LES HOMMES DE MANDAZUNO SONT UN PEU PRIMAIRES.
À LA BANCOMEX. J'AI SERVI DE SESAM À UNE GROSSE VALISE DE BILLETS ...
OU ÉTIEZ-VOUS ?
?
VOUS M'EXPLIQUEREZ ÇA ...
QU'EST-CE QUI SE PASSE ICI ? COMMENT AVEZ-VU SU ?
VOTRE COLLEGUE, LA RUBIA C'EST UNE FUTÉE. ELLE A CREE UN DEPART D'INCENDIE DANS SA CELLULE QUI A DECLENCHE L'ALARME RELIEE À LA CASERNE DES POMPIERS.
HELEN, OU EST-ELLE ?! ELLE VA BIEN ?
N'AVEZ CRAINTE. ELLE EST EN PLEINE FORME. ELLE EST AU CHEVET DE VOTRE GRAND-PÈRE
STORY P42 V1

Case 1 : Gros plan de Seamus, bouche ouverte, yeux exorbités. Il est mort, indéniablement.

Case 2 : Zoom arrière. Helen, Ortega et Lance sont debout devant le cadavre de Seamus. Des flics mexicains s'affairent autour du lit et dans la chambre. Les trois fédéraux fixent le cadavre.

Helen : Il était mort lorsque je suis arrivée. Quelqu'un a arraché les sondes et les perfusions…

Lance : Où est Doña Luisa ?

Case 3 : Plan rapproché de Lance et Helen. Celle-ci, inquiète, pose délicatement ses doigts sur l'arcade sourcilière blessée de Lance.

Helen : Elle et ses gorilles avaient disparu lorsque les pompiers m'ont libéré.

Helen 2 : Tu es blessé ?...

Case 4 : Le couple et Ortega se dirigent vers la porte de la chambre.

Lance : Un accident de voiture. Je t'expliquerai. J'imagine que tu as fouillé la maison ?

Helen : Oui. Adsila Studi n'est pas ici.

Case 5 : Plan du trio qui descend l'escalier au pas de course.

Lance : Ortega, nous devons aller sans tarder au Zoo bar !

Ortega : Un peu tôt pour un drink, non ?

Lance : Adsila Studi y est peut-être séquestrée.

Case 6 : Lance, Helen et Ortega s'engouffrent dans une voiture de la police fédérale garée devant la maison. Ortega donne un ordre à l'agent qui attendait devant. Celui-ci plaque un gyrophare sur le toit de la voiture.

Ortega : **Al Zoo Bar, rápido !**

Helen : Tu penses que cette femme a tué ton grand-père ?

Lance : Probable. La vengeance est un plat qui se mange froid… Et il y avait un sacré contentieux entre ces deux là…

Case 7 : La voiture d'Ortega, suivie par celles des hommes de Mandujano, passe le portail de la propriété dans un nuage de poussière, toutes sirènes hurlantes. Personne ne fait attention à une voiture garée sur le bas côté.

Case 8 : Intérieur de la voiture garée sur le bas côté. Les gorilles de l'homme de la Bancomex sont assis à l'intérieur.

L'un des gorilles : Ça ne sent pas bon… Le petit-fils du *Viejo* roule pour les fédéraux…

IL ETAIT MORT, LORSQUE JE SUIS ARRIVEE QUELQU'UN A ARRACHE LES SONDES ET LES PERFUSIONS ...
OU EST DONA LUNA ?
ELLE ET SES GORILLES AVAIENT DISPARU LORSQUE LES POMPIERS M'ONT LIBERE.
TU ES BLESSE ?
UN ACCIDENT DE VOITURE JE T'EXPLIQUERAI J'IMAGINE QUE TU AS FOUILLE LA MAISON ?
OUI ADSILA STUDI N'EST PAS ICI
ORTEGA, NOUS DEVONS ALLER SANS TARDER AU ZOO BAR !
UN PEU TOT POUR UN DRINK, NON ?
ADSILA STUDI Y EST PEUT-ÊTRE SEQUESTRÉE
AL ZOO BAR, RAPIDO !
TU PENSES QUE CETTE FEMME A TUE TON GRAND-PÈRE ?
WIIIIUM
LA VENGEANCE EST UN PLAT QUI SE MANGE FROID ... ET IL Y AVAIT UN SACRE CONTENTIEUX ENTRE CES DEUX-LÀ ...
ÇA NE SENT PAS BON ... LE PETIT-FILS DU VIEJO ROULE POUR LES FÉDÉRAUX.
WIIIIUM
STORY P43 V2

Case 1 : Extérieur jour. Plan d'ensemble de la façade du Zoo Bar. Les voitures de la police mexicaine sont garées devant l'entrée. Des badauds se sont agglutinés sur le trottoir d'en face. Un cordon de flics empêche tout accès.

Voix féminine 1 en provenance de la discoteca : **Une mujer ha venido con dos hombres !**[1]

Voix féminine 2 en provenance de la discoteca : **Esta muerto, señor inspector ! Esta muerto !**[2]

Voix d'Ortega en provenance de la discoteca : Calmaos, chicas! Alejaos ![3]

Voix de Lance en provenance de la discoteca : Qui est-ce ?

[1] Une femme est venue avec deux hommes
[2] Il est mort, Monsieur l'inspecteur ! Il est mort !
[3] Calmez-vous, les filles ! Ecartez-vous !

Case 2 : Plongée sur le cadavre de Chucho. Il peut être étendu au sol, dans une mare de sang, ou affalé sur le canapé de la planche 24, surpris par les tueurs pendant une prise de drogue. Lance, Ortega et Helen apparaissent à « l'écran » entourés des filles du Zoo Bar.

Ortega : Alejandro Camacho, dit « Chucho ».

Lance : Une association de Ciudad Juarez soutient qu'il était l'un des auteurs des violences faites aux femmes de cette ville...

Case 3 : Plan américain d'une des filles qui tend un doigt vers la porte (aperçue à la planche 24) qui donne accès au sous-sol.

La fille : Bajaron al sótano! Machete está abajo![3]

[3] Ils sont descendus au sous-sol ! Machete est en bas !

Case 4 : Arme au poing, Ortega, Lance et Helen – tous les sens en alerte - descendent les marches de l'escalier qui conduit à la geôle d'Adsila.

Case 5 : Lance, en bas de l'escalier découvre le couloir décrit à la case 2 de la planche 24. L'issue de secours du fond est ouverte sur la rue. Aucune âme qui vive.

Case 6 : Lance donne un violent coup de pied dans la porte qui donne accès à la pièce d'observation (de l'autre côté du miroir).

Case 7 : Plongée sur la pièce d'observation. Le matériel informatique de Big One est en pièces. Big One est toujours assis derrière sa table. Il est inerte, face contre son clavier. Lance, Helen et Ortega sont sur le seuil de la pièce, toujours en alerte.

Case 8 : Ortega soulève la tête de Big One en le tirant par les cheveux. Celui-ci a été égorgé d'une oreille à l'autre.

Ortega : *Big One*, un de vos hackers connu de nos services. Sûr qu'ils en voulaient à votre valise de billets virtuels... Ils ont trouvé plus gourmand qu'eux...

Helen hors cadre : **Lance, de l'autre côté du miroir !**

Case 9 : Lance, au premier plan, s'est précipité contre le miroir sans teint. De l'autre côté de la vitre, Helen observe le lit d'Adsila. Machete est allongé de tout son long sur celui-ci. Il est couché sur le ventre, pantalon baissé, le cul à l'air. Deux tâches de sang s'épanouissent telles des coroles vénéneuses sur son dos... Aucune trace d'Adsila.

Case 10 : Plongée. Intérieur de la chambre-prison d'Adsila. Helen se précipite vers la jeune fille qui tente de s'extraire difficilement du petit espace sous le lit.

Helen : **Adsila !**

Case 11 : Plan américain des deux femmes dans les bras l'une de l'autre.

Case 12 : Adsila s'est retournée et montre un objet qui repose sur la petite table de nuit, près du lit.

Adsila : Pour l'agent Crow Dog, a dit la femme en noir...

Case 13 : Zoom sur la table de chevet. Gros plan sur le pendentif indien de Catlynne, en forme de fleur (cf pl 30). Il est ouvert sur les visages souriants des parents de Lance.

UNE MUJER HA VENIDO CON DOS HOMBRES
ESTA MUERTO, SENOR INSPECTOR! ESTA MUERTO!
CALMAOS, CHICAS! ALEJADOS!
QUI EST-CE ?
ALEJANDRO CAMACHO DIT "CHUCHO"
UNE ASSOCIATION DE CIUDAD JUAREZ SOUTIENT QU'IL ETAIT L'UN DES AUTEURS DES VIOLENCES FAITES AUX FEMMES DE CIUDAD JUAREZ
VLAM!
BIG ONE, UN DE VOS HACKERS CONNU DE NOS SERVICES. SÛR QU'IL EN VOULAIT À VOTRE VALISE DE BILLETS VIRTUELS ...
ILS ONT TROUVÉ PLUS GOURMANT QU'EUX ...
LANCE, DE L'AUTRE CÔTÉ DU MIROIR!
ADSILA!?
P44 STORY V1

Case 1 : Réserve de Pine Ridge. Plan d'ensemble. Lance et Emma Crow Dog se tiennent debout sur un vieux pont qui enjambe la *White River*. Helen est légèrement en retrait, adossée à une aile du pick up de Lance garé au bord de la petite route de campagne. Un peu plus loin, on aperçoit une limousine noire garée également sur le bas côté. La neige est-elle présente par endroits ? Sommes-nous au début de l'hiver (histoire de varier avec les paysages solaires du Mexique et de faire un lien avec l'hiver 73 de Wounded Knee) ?

Case 2 : Zoom sur Lance et Emma. Ils contemplent le courant qui défile en contre bas. Lance tient l'urne funéraire de Catlynne entre ses mains. Le petit fils et la grand-mère peuvent être de dos ou de ¾ dos.

Emma : Avant les événements de Wounded Knee, tandis qu'ils se cachaient des hommes de ton grand-père, Catlynne et Thomas aimaient venir au bord de la *White River*...

Case 3 : Plan rapproché de Lance et Emma (pensive) de face. Lance porte le pendentif de sa mère. Il dévisse le couvercle de l'urne funéraire.

Emma : Je crois que c'est ici qu'ils ont passé leurs meilleurs moments...

Case 4 : Plan de Lance (plongée ?) qui déverse les cendres de sa mère, depuis le pont, dans les eaux de la *White River*.

Case 5 : Plan américain d'Helen, songeuse, un peu triste, qui contemple la scène de loin.

Case 6 : Helen marche vers la limousine noire garée un peu plus loin.

Case 7 : Plongée. Helen est en amorce, de dos au premier plan. La vitre arrière descendue de la limousine dévoile le visage d'une vieille femme. Une grande bourgeoise vêtue de noir. La vielle femme sourit.

Uli : Merci, Helen, de m'avoir prévenue...

Helen : Uli, il ne faut pas lui en vouloir. Il a besoin de temps...

Uli 2 : Je comprends. J'attendrai... Mais, vu mon grand âge, il ne faut pas qu'il tarde trop...

Case 8 : Contre champ. Contre plongée en plan rapproché sur Helen. Elle sourit à son tour.

Helen : J'y veillerai...

Case 9 : Plan général en plongée. Helen regarde la voiture d'Uli qui s'éloigne sur la petite route.

AVANT LES EVENEMENTS DE WOUNDED KNEE, TANDIS QU'ILS SE CACHAIENT DES HOMMES DE TON GRAND-PÈRE, CATLYNNE ET THOMAS AIMAIENT VENIR AU BORD DE LA WHITE RIVER
JE CROIS QUE C'EST ICI QU'ILS ONT PASSÉ LEURS MEILLEURS MOMENTS ...
MERCI, HELEN! DE M'AVOIR PRÉVENU
ULI IL NE FAUT PAS LUI EN VOULOIR IL A BESOIN DE TEMPS ...
JE COMPRENDS, J'AT-TENDRAI, MAIS VU MON ÂGE IL NE FAUT PAS QU'IL TARDE TROP.
J'Y VEILLERAI ...
STORY P45 V1

Case 1 : Extérieur nuit, banlieue de Ciudad Juarez. Plan d'ensemble. Une *maquilladora* déverse son flot quotidien d'ouvrières exténuées. Trois ouvrières marchent côte à côte tout en discutant. Felizita et Clara sont très jeunes (autour de 18 ans). Teresa est plus âgée (autour de 30 ans). Cette dernière fume une cigarette.

Felizita : Les filles, je suis contente d'en avoir fini avec la rotation de nuit…

Clara : Et d'être en week-end !

Teresa : Parce que t'appelles ça un week-end, toi, un jour de repos ?!

Case 2 : Zoom sur les trois amies, de face. Elles peuvent porter leur blouse d'ouvrière. Elles remontent une rue faiblement éclairée.

Clara : Demain, on est bien Dimanche, non ?

Felizita : Grace au Padre Jacinto !

Teresa : C'est vrai qu'il l'a défendue, sa messe du Dimanche, le Padre ! Sinon, les patrons nous auraient fait bosser sept jours sur sept …

Case 3 : Les trois amies sont maintenant devant l'arrêt du bus. Teresa, sur le marche-pied, dit au revoir aux deux autres.

Teresa : A Lundi, les filles ! Faites gaffe sur le chemin de la maison !…

Clara : Parce que t'appelle ça une maison, des parpaings et un toit en tôle ?

Felizita : Moi, j'appelle ça un clapier !…

Case 4 : Felizita et Clara marchent sur le trottoir tout en rigolant. Elles peuvent être de dos. Elles viennent de dépasser une voiture garée le long du trottoir, tous feux éteints.

Felizita : C'est vrai que dans le genre lapin, il se pose là, le Pablo !

Clara : **Ah ! Ah !**

Case 5 : Contre champ. Les filles sont hors cadre. La voiture déboite silencieusement, toujours tous feux éteints. On ne distingue pas les occupants du véhicule.

Case 6 : Plan d'ensemble (en plongée). La voiture remonte silencieusement et inexorablement vers les deux jeunes filles qui, insouciantes, continuent à déviser à l'arrière plan.

LES FILLES, CONTENTE D'EN AVOIR FINI AVEC LA ROTATION DE NUIT ...
ET D'ÊTRE EN WEEK-END !
PARCE QUE T'APPELLES ÇA UN WEEK-END, TOI UN JOUR DE REPOS ?!
DEMAIN ON EST BIEN DIMANCHE, NON ?
OUI, GRACE AU PADRE JACINTO !
C'EST VRAI QU'IL L'A DÉFENDUE, SA MESSE DU DIMANCHE, LE PADRE ! SINON LES PATRONS NOUS AURAIENT FAIT BOSSER SEPT JOURS SUR SEPT
A LUNDI LES FILLES ! FAITES GAFFE SUR LE CHEMIN DE LA MAISON.
PARCE QUE T'APPELLES ÇA UNE MAISON DES PARPAINGS ET UN TOIT EN TOLE ?
MOI J'APPELLE ÇA UN CLAPIER
CELLES-CI ...
C'EST VRAI QUE DANS LE GENRE LAPIN IL SE POSE LÀ LE PABLO !
AH ! AH !
FIN
STORY P46 V2

www.ingramcontent.com/pod-product-compliance
Lightning Source LLC
Chambersburg PA
CBHW072231190626
46809CB00017B/1842
* 9 7 8 2 3 9 0 1 4 1 5 0 1 *